橙：陪安东尼度过漫长岁月 II

a journey, through time, with Anthony

安东尼 著

2007—2010

学生宿舍 雨后 彩虹

湖南文艺出版社
HUNAN LITERATURE AND ART PUBLISHING HOUSE

官邸 二楼 绢花

a journey, through time, with Anthony

院子 新楼 旧楼

车站 花 你好吗

a journey, through time, with Anthony

窗外 停车场 袋鼠出没的草原　　V/Line（V/线列车）老式 乘客

从国内带来的拖鞋 赤脚 where(在哪里)

浴室 天井 夏天

a journey, through time, with Anthony

吊床 走廊 我

官邸 冬天 晚宴

京都 摩天轮 友达

a journey, through time, with Anthony

滴答 雨天 热

a journey, through time, with Anthony

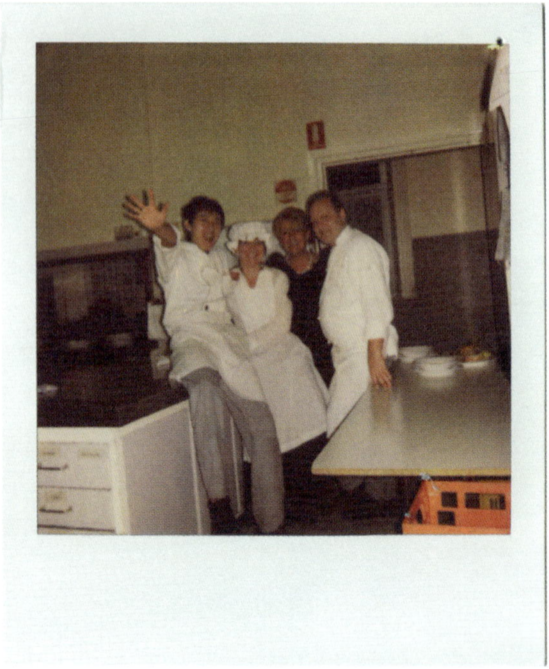

新狄 老板娘 淘尼

a journey, through time, with Anthony

下班 半夜 adore（喜欢）

a journey, through time, with Anthony

圣诞 电影 Myer（澳洲百货公司）

内森 黄金海岸 文身

a journey, through time, with Anthony

真好 走路 那那

a journey, through time, with Anthony

girls（女孩们）苏州河 榻榻米

a journey, through time, with Anthony

Echo 小朋友们 ciao（你好）

a journey, through time, with Anthony

送给妈妈

亲爱的妈妈 有次你说 你后悔把我送出国

觉得错过了我人生中的几年

现在我把它们变成文字送给你

想做一个刻着不过如此的章
到处盖盖

橙：陪安东尼度过漫长岁月 II

[2007/10/2 开满 花的树]

最近又开始看《星光大道》

林宥嘉的O型嘴 和闪闪的小屁股 迷到不行 每天蹲YouTube（视频网站）好几个小时 看他唱歌

觉得他是很会唱歌的人 很多人都在唱歌 真正会唱的人不多

当然 也看别的几个 真的是不错的 节目 然后 最近也经常在房间小声唱歌《那些日子》《阴天》《如果这都不算爱》

爱慕软还在教我开车 一月份的时候我就可以参加考试了

不过因为现在我拿到了L牌 所以只要他坐在副驾驶座我就可以合法开车

这几天 车似乎出现了问题 每次开出一公里以后 温度就高达九十多华氏度 爱慕软说 应该拿去修理厂检查一下 这样下去不行

我说 等拿到下周的工资再说吧 现在没有那么多钱 反正最近我们就只在家门口开

Sali生日 我们准备去郊区 看荷兰花展 因为爱慕软和我收拾东西太慢了 我们错过了火车 在火车站 查时刻表 下一列V/Line 要等一个小时 如果再加上换乘 我们估计要很晚才能到那里

Sali 爱慕软 Kidman 我 我们四个站在站台上 不知道要怎么办

后来我说 干脆开车去2区的 Watergarden（水上花园）车站吧 那里每十五分钟都会有车

爱慕软问 要开大概八公里车子可以吗 我说 但愿没有问题 也没有别的办法了 谁叫我们晚了

然后我们四个就上了车 爱慕软开车 果然 不到两公里的时候 车子的温度表就升到了头 我们勉强地开到了

Watergarden

去看郁金香展览 泰斯勒农场 (Tesselaar Farm) 主人泰斯勒家族是荷兰移民 第一代主人夫妇 在二战爆发前夕移民澳大利亚 并种植从欧洲带来的郁金香 水仙等各色花卉

1954年庄园正式向公众开放 一年一度的泰斯勒郁金香节也由此诞生

参观者需要交小额的入场费 而这些收入全部捐赠红十字会

至今 泰斯勒郁金香节已经将超过十万澳元的入场费用捐赠给红十字会和其他慈善机构

来到农场 就能看到一棵大概高二十米的大树

上面是一簇一簇粉色的花 在茂盛地盛开着

我想 将来如果有一天 尝试写小说 会写一个男生 他总是和 满花的树合照 他不笑 也不悲伤 他只是笔挺地站在那里

农场里 有一望无际的郁金香田 每种颜色不同的郁金香有序地排列 延展 好像地上的彩虹 远处的高大别墅 应该是农场主的住处

Sali让我给她照相 我说 你从另外一头往这边跑 要轻盈的面带笑容的 快乐的 然后她就真的做了 结果照出来有点蠢 她

命令我都删掉 然后 给她老老实实地 摆拍几个

Sali和 Kidman 都是香港人 我一直觉得香港人的外语没有他们自己想象的那么好 她们很热情

在农场的商店里给Sali买了 搪瓷的荷兰鞋子当礼物 大概下午四点的时候 我们开始回家

在city（市内）简单地吃了点东西 到车站的时候 天已经暗下来了

我们上车 结果车子没开出多远就开始冒烟 只好把车停到一边 我从后兜里拿出装水的可乐瓶子 打开车前盖 往里面倒水 水箱里的水已经满了 再启动 没开出去多远 车子的温度高达九十多度

大概开到距家三分之二的距离的时候 车子垮了 在限速一百公里每小时的公路上 爱慕软打开双闪灯 小心翼翼地把车子滑到路旁

我们打开车前盖 帮助发动机散热 四个人站在一旁不知道要怎么办 这时有车子从一旁快速地行驶过去 有的鸣笛 有的传出嘲笑 的声音 爱慕软竖起中指对他们叫 screw you！（去你的！）过了二十分钟 我们又上车

当时 我们几个又冷又饿 我和爱慕软说 不用管车了 只要我们能到家你怎么开都行 爱慕软说 我爱你这种态度 我们几

个胆战心惊地又上了车 提心吊胆地坐着 最后在距离学生公寓大概一公里的树林边 车子终于熄火 再也打不着了

爱慕软把车钥匙拔下来 说明天叫拖车来吧 现在我们什么都做不了 当时我没怎么担心车子 只是开心 终于到家了 回去以后睡得很好

[2007/10/3 汽车修理厂主叫 Paul]

第二天 上班的时候 路过车子 它还停在马路边 我从自行车上下来 打开车门 插入钥匙尝试启动 还是不好用 于是我就拿出纸笔 用英文写上 “汽车已坏 马上会有人把它拖走”并留下了 我的联系电话

我骑车下山 到汽车修理厂 解释了大概状况 告诉他们车子现在大概的位置 然后把钥匙留给了他们就去上班了

晚上下班回来的时候 车子已经不见了

[2007/10/5 red rose（红玫瑰）& chili peppers（辣椒）]

上午的时候 Paul给我打电话 他说 Anthony 你好吗 有空的话来修理厂一下 关于修车的事 他要和我谈

大概下午三点的时候 我骑车下山 Paul把我带到车前 把前盖掀开给我看 发动机都是黑色的 他说 你看 整个发动机都烧

坏了 他说 汽车温度过高 主要是因为 冷却设备坏掉了 如果你早点过来的话 大概三百澳币就够了（人民币约一千八） 但是现在要修的话 至少要两千澳币 具体的数字得等到检修处理以后才能知道 你愿意修吗 我觉得 自己别无选择 就告诉Paul说修吧

他看出我有点为难 说 这样吧 我看看 不修不行的地方就修理 可修可不修的地方 就先留着 以后你一点点 慢慢修理

我说 好 谢谢

[2007/11/3 我们一路 都忘了哭]

不开心 学生村的同学几乎都走光了 停车场也只剩下 我一个人的车

车刚刚修好 花了一万多人民币

爱慕软在city 找了一份卖运动鞋的工作 于是搬家去了离city近的学生公寓

开始的时候 把车子留在车库 老老实实地骑车上班 过了两天 就懒了 于是 明明知道 光是L牌的话 自己开车 被警察抓住会吊销驾照的 还是斗胆自己开车

第一次 自己开车超紧张 精神高度集中 其实经过和爱慕软 一个月的锻炼 加上在肖恩那里的驾驶课 我的车技已经可以了 但是 我心理素质不行 每次开车 路上没什么人还好

可是如果我后面出现了一辆车 或者红绿灯时候 我是第一个 我就有点慌 着急踩油门

不过自己开车 一周以后就不太紧张了 虽然 还是有的时候 开着开着 忘记了速度 一看表 在限速50km/h的地方 开到80km/h

还有的时候 停车 怎么也停不对 不是太靠左 就是太靠右 或者就是不够靠前

开车上班 下班 挺惬意的

回到家里以后 就很容易 不开心

不是我多愁善感 真正的寂寞是很真实的

有的时候 我会觉得 只要我朋友 或者 我喜欢的人在我身边

再多的作业我也不怕 天天打工我也不怕

听 《梦一场》让你在没有我的地方坚强 让我在没有你的地方疗伤

晚上八点的时候 外面还是亮着的

因为 停车的地方离我的窗户很近 刚买车时 我半夜 在房间用电子钥匙竟然能给它打开 关上

后来 到了半夜 总是觉得不放心 然后穿上衣服下楼 拉拉车门 看看锁上了没

下个月交《陪安东尼度过漫长岁月》的书稿

[2007/11/27 满是烟灰的 辣椒树花盆]

我才发现 原来 Pola（宝丽来）相片底下留白这么多 今天在房间内照了很多宝丽来照片 感觉大同小异 但是 乐此不疲

觉得 自己写字难看 所以 都不在Pola相片上写东西的

Pola照片上 如果不写点什么 总觉得 很遗憾

Pola照片上 如果 没写点什么 就觉得 以后总有机会写上更适合的

写稿子写得头痛

现在 看到 word（微软文档）软件 就想呕 所以买了台打印机回来 在纸上改

我很热……

[2007/12/3 深眼眶 真吸引人]

最近在进行 文字的整理和添加

Hall（大厅）里 为了新学期开学 开始进行彻底清洁 关了厨房 所以 我都不吃饭 只喝牛奶

然后 又有很多工作 昨天工作十三小时 切cheese（奶酪）的时候 觉得自己要晕倒了 站都站不稳 有的时候会认真地看看地板 想等一下以什么姿势倒

后来 觉得实在不行了 和老板娘说 我要饿死了

老板娘给我炸了 薯条吃 吃的时候 有前所未有的满足感

换了 捷克·强生的音乐 他是目前所有歌手里我最爱的tone（腔调） 有一次出去旅行一周 没带MP3 结果中途很想念他的声音

回家以后 书包还在肩上 就打开电脑 赶快放他的歌曲 好像烟瘾很大的人

似乎 他要来澳洲开演唱会 只要我有时间 就算是悉尼 我也要飞去

在看 *Sex and the City*（《欲望都市》）

我觉得 这四个女的我都很喜欢 最喜欢的 应该是律师女和PR（公关经理）女 尽管我觉得 我最像专栏女

很多时候 我觉得人对自己的定义都很不准确

比如 律师女 觉得 最知道自己要什么 最强硬 有很多rules（规则） 不容易妥协 但是 其实她为了爱情 付出了最多 结婚 搬家去布鲁克林 生孩子

比如 看似乱搞的PR女 和那个后来当了演员的服务生 好了以后 就是真的忠贞不贰 直到 后来电影里 和他分手前 都没有外遇

明天是 deadline（截止期限） 过了明天 我就彻底解放了 写了七万多字以后 觉得自己有点不同了 是成熟了吗 不过 会觉得身体被掏空了

接下来 想读几本书 什么书都可以 要充下电

现在 开始热起来 学生村也没多少人 有的时候 我一天洗三四个澡 公共浴室的墙壁镶嵌着 黑色和大红色的瓷砖 有哥特式的美感

[2007/12/11 有的时候 他看着你 你就会忽然知道 他不再爱你了]

火车站旁 一夜大雨过后 散落一地的 美丽的 开得“恬不知耻”的大花

学生公寓 下午三点十分的 寂寞天井

有很多很多很多 树的山 树又长得不独特 觉得一再重复

海水 不断拍打堤岸 有哗啦啦的声响

躺在床上 玩手指

咬字 清楚的《新闻联播》 播音

有一天 我会忘记你 我没有很期待 也没有觉得失落

我只是 知道 有那么一天

书 可能下个月出版

山上没人…… 都回家过圣诞了 连给我做了两天饭的泰国博士生艾达也去了 阿德莱德

我一个人 拥有 整个hall（大厅） 整个山头 无所事事

蹲电脑前 上网 抠耳朵 剪指/趾甲 浑身臭臭的 觉得

然后 十点的时候 决定睡觉 下午两点起来 在被窝里放屁 被窝臭臭的

想以后 和老婆分开睡 房间弄得像标准间 那样得了

圣诞节 很讨厌 我 火鸡 绿色精灵 要打败你
洗澡去

[2007/12/22 我有个 朋友说 看悲剧比喜剧更让他开心]

圣诞节 我们Mansion（官邸） 接受了一百一十人预定 因为是圣诞 我们推出了特别的菜单 一般来说 我们的菜单就是四道菜

不过圣诞这天 客人享受full menu（全菜单） 定价也提高到 每人一千三百块左右人民币 菜单和流程 大概是这样的

客人一进来 就有 香槟 红白葡萄酒 鸡尾酒小食 finger food（手抓食物）

客人就座 自制面包 星牌黄油 自家烘焙椒盐饼干 鹅肝酱

烟熏口味澳洲小羊排 奶油青豆扇贝丁 羊奶cheese番茄tart（馅饼）

柠檬意式沙冰 薄荷叶尖

祝酒词 开礼物

主菜 火鸡 火腿 牛眼肉

甜点 圣诞布丁 卡斯特蛋奶酱

餐后 巧克力 草莓 热情果蛋糕 cheese 拼盘

看到这个 running sheet（运行表） 我就要崩溃了 厨房里就我和淘尼两个厨师 尽管老板娘玛格丽特会找两个厨房帮工 但是是 一百一十人啊 而且圣诞午餐是不能出一点差错的

用老板娘的话说 明年的生意怎样 就看这一天的 表现了 因为我们几乎每个圣诞午餐都会拿到明年的 至少十个订单

[2007/12/25 圣诞快乐 劳伦斯先生]

我和淘尼20号开始开会 研究菜谱 烹饪的顺序 如何装盘 分配工作 订材料

21号 22号 材料陆陆续续来齐了 开始归类摆放

23号来 熬制牛骨汤酱 南瓜 胡萝卜 土豆去皮

24号把肉腌好 甜点的材料称好归类 小羊排煎好 火腿切片 各种cheese切好 淘尼说因为25号会很累 所以 24号不能工作到太晚 我们下午两点就结束了 淘尼说明天早上别骑自行车来上班了 怪累的 说来接我

25号早上 五点 我准时出门 淘尼在大院门口等我 我上车以后他问我睡得怎么样 我说不错 他说今天干活麻利点 到了厨房 看到我的工作区有一个盒子 上面有卡片 老板娘在上面写着 亲爱的 圣诞快乐 里面是一瓶红酒 Penfolds Bin389 （奔富的酒）这时淘尼也从包里拿出来一个包装好的礼物 我很开

心说谢谢 打开一看是一本法式烹饪的字典 把礼物收了起来 泡了两杯英式早茶我们就开工了 洗碗阿姨的姑娘 老板娘的儿子 史蒂文和他女友都来帮忙 每个来工作的人早上都进来抱抱说圣诞快乐 经理新狄别了一个 I am a giver（我是一个慈善家）的徽章 她进来给我们每个人发了一顶圣诞的红色帽子

今天很顺利 客人都非常满意 有几个客人来厨房向淘尼致敬 他很开心 淘尼的老婆和两个小孩也来了 甜点以后淘尼和我说 他出去和家里人一起吃饭 让我简单收拾一下也出去 我开始把锅 烤箱托盘还有 菜板送去洗 这时 老板娘进来 她说 你怎么还在这里 赶快把衣服换掉出来喝点酒 我坐在大厅里 周围都是老外 很多喝醉了 笑声聊天声 尖叫声 老板娘问我 圣诞新年准备怎么过 我说 我有个朋友在 Port Fairy（仙女港）的海滩那里开了一个 中国饭店 我会去那里住两周 过新年

[2007/12/28 沿途风光有多美 不如在你身边徘徊]

坐V/Line 去Port Fairy 大概四个小时的车程 因为节假日的关系 人们都已经在家里团聚了 所以火车上没有什么人

旅行中 发现 过度曝光的夏天

想起来一些 之前发生的 微不足道的事

傍晚的时候到那里 因为放假 没有去坐Port Fairy的bus（巴士）只好叫了出租车

在 有小咖啡店 的路口 吃着homemade（自制）牛肉圆葱pie（馅饼）的时候 想到 你曾经给我看的图画 那只兔子 仰望着 满是阳光的树 新年快乐 你这样说

我想知道 它是不是 会出现在之后 我的每次旅行里

最近 想要买的 wii （指游戏机）/ Tom Ford（汤姆·福特）墨镜 / 捷克·强生演唱会 / 催眠类的书籍 / 黄色PSP（索尼掌机）/ 铁三角 入耳耳机ck9 和 樱花木w1000

[2008/1/1 第一天]

连续 41℃ 几天 热得我有点目光呆滞 去海边冲浪的计划由于拉肚子和没有找到同伴 而变成 看美少年冲浪和站在海里被浪冲

夏天就很容易流鼻血和拉肚子 折腾到现在 我已经能用平常心 对待这个问题 面无表情地跑厕所 从容不迫地卷厕纸

自从完成《陪 I 》的书稿 又觉得一个字都写不出来了 就连 看新年烟火时的感动心情 心里暗暗想着 记住这感觉 回去写稿子 这样 也在杂志上 拖稿两次了

下午坐在YHA（青年旅舍）的院子里 阳光透过藤蔓植物 在地上投下斑驳的光影 戴上耳机看书 进入到文字里 很容易就忘记自己在哪里

有的时候 戴上墨镜穿着拖鞋去海边 海边的沙子像面粉一样细腻 光着脚在上面跑 沙滩上偶尔有当地人在冲浪游泳 风很大 有的时候把细沙吹起来 睁不开眼睛 和朋友沿着沙滩走 彼此都没有说话 不过觉得很舒服

[2008/1/10 我们现在 远距离的恋爱……]

学生公寓的学生 三三两两地回来了 来了几个中国的学生

最近 和沈阳来学习会计的小野小朋友 买了个 Xbox360（指游戏主机）我们玩 HALO 3 光环 小朋友 很有意思 会问 咱们俩 干 游戏啊

玩了一上午 我说要上去做饭 他说好 等吃完了 咱们俩再干 然后我就笑了说 好

[2008/1/15 好了]

好了

现在 我没有什么 秘密可以告诉你了

嗯

[2008/1/17 推荐 大家用牙线 会让牙龈更健康]

这学期 读两个学位 还要应付两份工作 觉得分身无术 自从开学以后 心情就一直 不怎么好

周末在Mansion（官邸） 打工 厨师淘尼让我早上七点开始上班 因为知道 周六 周日要全天工作 所以周五晚上放学以后 就赶快回家赶论文 写到凌晨两点多才睡觉

结果 早上上班晚了半小时 被厨师说了一顿

晚上是一个一百多人的婚礼宴会 厨房里只有我和淘尼两个厨师 外加两个意大利的洗碗的阿姨

我和淘尼从早上 一直工作到下午五点 两个人都没有休息 也没吃午饭 五点半开始 上finger food（手指食物）

淘尼对我说 这个要怎么样 那个要怎么样

不过 因为饿得不爽 那些英文根本 不往耳朵里进 做错了

很多事 又被厨师骂了

被厨师骂 没有什么 关键厨师当着 那么多美少女服务员和经理的面 骂我 我觉得很没有面子 心里很难受 却又不能表现出来 不想让别人觉得 这个中国男生 怎么这么weak（虚弱的）

一直到下班 客人们对我们做的吃的都很满意 在前厅 伴着小提琴开始 跳起舞来

经理问我 你还好吧 她要给我做杯饮料 我说 我很好 不用谢谢

老板娘 过来和我说 厨师脾气不好 他工作压力大 不管他说你什么 都别往心里去

我说 嗯 我知道 是我不好

晚上十一点多下班 穿过满是露水的草坪 来到车里 心底巨大的压迫感难以言喻 这些日子以来的压力一起涌上心头 伏在方向盘上发出 哭的声音 没有泪水流出来

开车回家后 觉得自己需要支烟来 衬托我此时的沧桑

爸爸来墨尔本的时候 留了半盒烟 我抽了一支出来 拿着打火机去天台

反复点了几次才点着 觉得味道怪怪的 然后又狠狠地吸了一下 烟竟然灭了 我仔细一看 原来刚才点的是烟屁股

因为烟头湿了 烟屁股烧焦 掐头去尾 没剩多少 吸了几口怕烫到手 就把烟扔了 还弄了满嘴烟丝

嘲笑了下自己 然后回去睡觉

[2008/1/18 在家待了一天 什么都没干 但是觉得很累]

我觉得 李安 很好

他的电影 都没有大张旗鼓地谈论爱情 可是 就是觉得是很好的言情电影

《断背山》里面 那个澳籍男演员前几天死了 我和小茧在网上谈论《断背山》

我问 小茧《卧虎藏龙》和《断背山》 你觉得哪部更言情

小茧反问 你不知道我如此爱你 和 我不知道我如此爱你你觉得哪个 更言情

[2008/1/20 经常被 金牛座吸引]

终于开学了 最近疯狂地打工 欧文同学比我还猛 打工打得连胃酸都吐出来了

我比他强点 但是 也会觉得站不稳 而且 凌晨三点多 还流了鼻血 在 Mansion工作 蹲下去数盘子时 都不想站起来 还好我和欧文同学的疯狂打工 随着开学的到来 都要结束了

今天去 Mansion领工资

老板娘玛格丽特问 你要在澳洲待多久 你将来要干吗 你就一直在这里当厨师吧

我说 我也不知道 不过大学酒店管理 还有两年毕业

她说 昨天晚上 她忽然想起来 和我签合同 让我full time（全职）这样工资更多 还能申请绿卡

我说 我现在拿的学生签证 不可以全职工作 觉得老板娘真好

保龄球馆的工作 琳和开私诶听说 我开学以后周一到周五都要上课 不能工作 bingo（宾果游戏）了 琳说 宝贝 没有了你我们怎么办啊

开私诶说 把bingo弄到周末吧

后来我想了一下 Mansion这边老板娘会给我更多的工作 加上这学期的任务很多 很多论文要写 我就去和大厨李说 我要辞去保龄球馆的工作 可能寒假再回来

保龄球馆 和我一起工作的阿姨都对我很好 动不动就给

我弄个三明治啊 beef pie（牛肉派）吃 每天剩下的蛋糕也用饭盒装起来 给我带回家 他们说我只身一人在这边生活很辛苦

走的时候 和她们分别拥抱了下 用宝丽来拍了张照纪念

尽管这份工作工资很高 一起工作的人也不错 可是 如果只能做一个工的话 还是要去 Mansion

因为 做的是 真正的高档西餐 而且 厨师淘尼也教我真东西

在保龄球馆 大厨李 几乎把后厨交给我掌管 除了和 "欧巴桑"一起练口语 学不到什么烹饪 技巧

我们公寓门口的风信子开了 开始 计划 复活节 旅行

[2008/1/25 你可不可以陪我一下]

我讨厌你 这样 肆意地充斥着我 一个个的夏天

最近要 安排新的工作时间 换墨盒 办理日本签证 订机票

天气很热 我终于吃到了红烧肉

小红红给我发了一个 100题的问答

28 如果只剩下一天的生命，会做些什么?

爱

34 如果你有1000万，你怎么用?

省着用

二月去日本 有些话如果现在不说 以后就再也不会说了

[2008/2/6 低落的时候 我就想想 2012 然后就好多了]

你说 来陪我好吗

你说 每天都要想我哦

你说 我愿意为你做一切事

你说 我来照顾你吧

你说 让我一个人静一静

你说 还是把我忘了吧

你说 你就不能为我考虑 考虑吗

你说 祝你好运

我应该说 行 嗯 好吧

还是应该像现在这样 默默地看着你还要说些什么

[2008/2/10 别再说是 谁的错]

我一次次地 去找你

小学时 我们是邻居 一起上学 放学 像极了 这几年通讯业的新名词 绑定

周四早上 上英语课 那个很凶的 大脸老师教了一个单词 twins（双胞胎）

我觉得 是在说 我们

初中 我们一个学校 不在一个班级

下课的时候 我穿过 二楼走廊去找你 走廊里 有互相追打的男生 有三三两两的女生 不知道在说什么 有长得就很寂寞的人 一个人 站在窗前 向外望 有的时候 打闹的人 撞到我身上

我和你班的女生说 我找你 她们就进去报信

不知道 她们 为什么 笑得那么开心

高中 我去了郊区的重点 你到了我们学区的普通高中

我的学习 一下子紧张起来 开始住校 要两三个月 才能回家一次

回家的话 要坐快客 和很多到城市里务工的农民 回家探亲的工人一起

大客车 在高速公路上快速行驶 我觉得困 MP3也听不进去 大客车在服务站停下来后 我下车上厕所 放松腿脚 呼吸新鲜空气

客车到达大连时 是放学时间 我提着书包和行李 去学校找你

开始进入冬天 呼吸时 能看到白雾 我和学校门口做烤地瓜的大爷聊天

晚自习 结束的铃声响起来 学生陆陆续续地出来 烤地瓜的大爷 热情地招呼学生 我在寻找 你的身影 你和女生一起出来 我们在某一刻 一下子 都看到了 彼此

你回来了 你问

嗯 我回来了 我说

大学时 我们失去了联系 我去了沈阳 那里有很多人 骑自行车上下班时间 自行车流 如洪水一般 因为不爱坐长途火车 我很少回家 或者说 因为怄气 我都没有经常找你

在你出国之前 我赶夜车回去见你 冬天的沈阳冷得很认真 晚上十一点多 在候车室等着 棉鞋里的袜子已经湿透 把衣服裹得更紧些 疲倦地用手搓脸 半夜 长春来的火车拖着疲倦的身子驶近站台 那声音听起来很不情愿

来到车上也没有睡意 往窗外看 有零星的灯火 也有比夜还要黑的山

我在想 这次与你一别 要什么时候能见面

现在我去找你 需要离开地面

如此厚重的铁皮 加上宽大的夸张的机翼 它们带着我 穿越了赤道和时区 不同的海洋与国度 这感觉多少让我觉得 不可思议

十多个小时的飞行 我很少睡觉

有的时候 云的形状很好 有的时候在云里穿梭 看不到外面的景象

有的时候飞机 突然颠簸 我都会幻想是空难发生 想象着空姐匆忙地坐回座位系好安全带 然后飞机发出巨大的撕裂的响声 然后 上面应该掉下来氧气面罩 我会赶快拿起纸笔 写上

某某年某某月某某日 我在去找你的路上

然后匆忙地 把它塞到上衣口袋

感觉上 似乎是电影 或者 二流小说的结局

空难始终没有发生 这样 连续经历 大气中 十个小时 高低起伏的飞行 我又找到了你

嗯 我想说 其实 我很喜欢 每一次去找你的时候的自己

[2008/3/20 Love makes me strong（爱使我坚强）]

“泡菜国”的飞机外面喷涂成蒂芙尼的颜色 飞机餐非常好吃 要降落时 下面轱辘伸出来的一刹那发出剧烈的断裂声音

正在担心是不是飞机出了问题的时候 已经着陆了 橙子来机场接我 老远我就认出了她 我们坐酒店的机场bus（巴士）去hotel（酒店） 已经是晚上了 开始下起小雨隐约能看到高速公路两旁绵延的山峰

check in（登记）以后大概是晚上七点了 我和橙子决定去吃韩国烤肉 然后坐车去首尔看一看 所谓正宗的韩国烤肉没有我想象的那么好吃 让我吃惊的是连辣白菜也能烤

我们在火车站 火车停下来 从里面出来的女生基本上是一个模子刻出来的 圆脸和单眼皮 橙子告诉我说 在韩国女生十八岁的时候家里就会给她一笔钱让她去整形

我们来到首尔 大概晚上十点多 地铁站上楼的电梯里有卖玉米（好像是）的阿姨 橙子告诉我说 地铁站旁边本来有间寺庙 不过前一阵子被人烧了 所以不能去了 后来我们就去了东大门附近一个商场

我很惊讶 在韩国商场晚上也不关门

商场里在卖一些 衣服 配件 箱包这样的小东西 价格也不太贵 我和橙子随便逛逛 没有看到什么特别想买的东西 这时

有个男摊主 笑着用很大声音跟我们说话 我以为他用韩语和我聊天 我就和他说hello（你好）橙子拽住我往前走 我说怎么了她说 他在用韩国话骂我们 当时我就想 哪个国家都有这种烂人

晚上和橙子 还有她的两个朋友一起吃饭喝酒 听他们讲一些在韩国的见闻 觉得很有趣 同时也深深体会到无论哪里的留学生生活都很辛苦 吃完饭 我说橙子饭钱你来给 吃完饭以后已经没有地铁了只好打车回去 沿路穿过城市 明亮的高速公路 时不时能看到远处矗立的 各式各样教堂的十字架

在机场换了钱给橙子 她死活不要 最后还是硬塞给她

上了去日本的飞机 心情一下子好了起来

[2008/3/22 Shine for you（为你闪耀）]

飞机快要降落的时候 再次出现了那种断裂的声音 但是这次让我紧张的不是这个 而是感觉飞机要飞到海里了……

抵达大阪 换了白色短袖 在整洁的机场大厅等你

这一次的出逃 是藏在我心底的一个 秘密

心里有 艾米丽那样的坏笑 有飞机降落时的激动 有泡饭

有西式早餐 有想要哭泣的小萝莉

也有 一心想要 好好爱的金刚

在机场 用笔记本上网 不可思议的 这种感觉 随着越来越多人 说着 买到书了 而变得更加真实

从某种程度 极大满足了 虚荣心

但是 分享 并不是一件 让人觉得快乐的事 原来

[2008/3/28 Why do you wanna see me?（你为什么想见我）]

从日本旅行回来 秉持一贯的花钱作风 两张卡都爆了 最后在日本机场 买两千元的烟都买不了 凑了全身上下的钱 给老板买了条烟 拿着几百日元的硬币 我回澳洲啦

这次去日本 带的小野同学的单反 尽管我把单反当卡片用的 不过效果还是不错

在日本的时候 拿到了 《陪安东尼度过漫长岁月》的书 第一印象一般 晚上放到枕头边上睡觉 第二天起来 拿着开始读 没什么感觉 只觉得纸张有些粗糙

回墨尔本以后 因为书卖得很好 已经准备再版了 所以开始挑一些错字 做一些更改 每天在火车上读 做一些笔记 然后觉得 有些地方写得真不错……

而且 实践证明 真的是 一本很适合在厕所里读的书

最近 和小野 看完了《24小时》的全部六季 有点失落 看着《求婚大作战SP》 觉得山p虽然长肌肉了 但还是招人稀罕

对了 在日本求了签 小吉 觉得 蛮喜欢小吉 这样的人生

[2008/4/10 他说 没有爱不会死 不过有了爱会活过来]

今天晚上 我做日本咖喱饭 小野同学很喜欢

[2008/4/11 环游世界的梦]

我又知道 什么呢

工作室把书寄到家里 今天和家里通话了 一个多小时 妈妈在那边一直重复同 一句话 真好 真好 她在念叨准备要 送给谁 念叨 学校老师要花钱买来看 念叨 她此时不可思议的感受语言里 有因为我而自豪的心情 据妈妈说 对我出书 一点都不热衷的爸爸 见到书以后 反倒是我家最激动的一个 整天捧着书看 爸爸接过电话 说 写得真好 然后 我们俩都在电话里 默不吭声

很久不用QQ 刚才上网 看见高中的群 公告就是我出书的事 一上去 大家都很热情地 上来祝贺 群里一下热闹了起来 几个最好的朋友 甚至已经看完了 我不好意思 让他们把公告改了 女生说 大家都为你高兴啊 去边疆当了大王的王明 小学老

师的杨明 我老对 三儿 大柱 我小斯 大体委 和朋友徐杰 浩 纯 还有 立旭 一直聊天 就聊到了这么晚 很久没有联系的朋友 因为这个书 送来了真诚的问候和 鼓励

Echo 和 小四说 豆瓣 排到第一啦

S说 她们那里的 小书店 进了四本 她每天都去看一下 都少一本 有一天 还碰到一个美少年在买

有 小朋友说 要到书店打工 让更多人 看到这本书

还有 更多的小朋友 写了 评论 送来了 问候……

听着 Echo那里的背景音乐 我就在想 我又知道什么呢 我只是把 一些小故事 小心情和你分享了下 却得来这么多 回报……

想 更好的生活 半夜三更……有点语无伦次了

[2008/4/22 有个我非常喜欢的黄色 叫不出名字的 法国香槟]

凌晨三点多 写作业 要写到崩溃

要流出眼泪了…… 明天抄我作业的巴基斯坦同学们 自觉给我一百块

再会唱歌的 mew 也拯救不了我

我需要个 会写 business plan（商业企划） 的 mew

[2008/4/25 五星红旗迎风飘扬]

反复地听《北京欢迎你》 和小野在家关注 奥运圣火传递的消息 看到在欧洲圣火传递时 有人出来捣乱心里十分气愤 觉得为什么我的祖国要做一点事这么难

所以当奥运圣火来到澳大利亚 我看到豆瓣上 有墨尔本这边留学生组织的 去护送圣火的活动 立刻就决定参加 给我的几个朋友打电话 他们有的忙着上课 有的家里不让去 说是觉得危险 于是 我就给我妈妈打电话 我妈妈说 这个肯定得去 于是 二话不说 我和小野 还有学生村一个中国女生就报名了

22日 晚上赶作业 到 次日清晨四点

23日晚上九点 和同学坐bus 去堪培拉 看火炬传递 墨尔本去的留学生 估计有五千多人 大巴塞满了整个停车场 我没控制住 嗷地叫了声 小野问 你怎么了 我说 好激动

24日 经过一夜的颠簸 风尘仆仆地来到堪培拉 早上六点左右 这个城市的各个地方 都开始有五星红旗的涌动 下了大巴以后 大家冷得直打哆嗦

九点左右 开始点火 从湖的一头 到这头

下午一点左右 结束 我们坐 下午三点的 大巴回来

24日 24点 回到墨尔本

当国歌声响起 当看到红旗飘扬 看到我们的火炬 祥云 看到那些试图破坏的人 和同学们用红旗围住他们 不能动手 只能扯着嗓子 对他们的耳朵大喊 How much they paid you（他们付给你们多少钱）的时候

不禁有温暖 而又激动的情感涌上心头

我爱中国

昨天回来以后太困了 还有些事情没说 首先要感谢小野同学 拍照 自从有了单反 我的卡片退休了 自从有了小野 我体内的摄影师 也退休了

回来以后 看了报道 据说当日 出现在堪培拉的中国人 多达两万……

悉尼同学的大巴 凌晨两点从city出发 很多人 没有车 只好坐最晚的公共交通工具 从十二点就在那里等

阿德莱德的同学 离得太远 听说 组团坐大巴 往返就要两百多澳币

还有很多 很多的同学 佩斯 布里斯班 塔斯马尼亚 甚至新西兰 我们这些人很多 很多都是白天有课 甚至下课之后打工的 只是为了一个 共同的心愿 从各个地方 来到澳洲首都 保卫

我们的火炬 维护我们国家的尊严

我们所乘坐的 bus 又挤又冷 小野说 他晚上都被冻透了 我穿了小棉袄也是冷得手脚冰凉 几千号人 行车时间是九个小时 半夜到了某个休息站 根本找不到厕所 男生们 跑到树林里小便 场面无比壮观 女生估计都在憋着 很可怜 看着我们这些之前不被看好的 经常被冠上 自私 没有集体观念 之类的“八〇”后 能如此团结爱国我很感动 这个时候就能看到一个国家的凝聚力 长辈们也许并没正确地认识我们

我觉得 美国的 英国的 法国的 澳洲的 日本的 所有所有留学生的 心情都是一样的 好像你离开家了以后 才知道自己多想家 多爱父母

P.S. 24日当天 两万余 中国留学生及华人华侨参与火炬传递 三万多面 中国五星红旗被 发放 一点半 火炬传递仪式结束 同学们 坐大客车 陆陆续续地回到自己的城市

堪培拉广场 干净如新 地上没有被随便乱扔一面红旗 和标语

[2008/4/27 鱼 不快乐 我知道]

开始冷了 电褥子 也满足不了我

我需要的 不是 笔记本电脑 是有棉被的桌子暖炉

想要 挖一个不深的洞 带着不二进去冬眠
夏天再出来 或者 至少我能回国时再出来

monday blue（忧郁星期一） monday blue monday blue monday blue monday blue

monday blue monday blue monday blue monday blue monday blue

monday blue monday blue monday blue monday blue monday blue

monday blue monday blue monday blue monday blue monday blue

monday blue monday blue monday blue monday blue monday blue

monday blue monday blue monday blue monday blue monday blue

[2008/4/28 给的比要的多]

没有文学小青年 那么高产 却沾染了一身文学小青年的坏毛病

最近心情不好 长时间恍惚 想哭（怀孕了吗）

动作速度 延迟2.7秒

思维 逻辑度 降低36％

写作业 积极度减半

对 事务热忱度 为0.8

沟通欲望 趋近于 零

唯一需要的 就是 热的 无棱角不发光体 热开水 和 地底下的洞

心里有个小说 它 美好得如琥珀样 晶莹剔透 我知道你会喜欢 我也想 和你分享 可是它是黏在心里的

当我想把它讲出来 或者 写出来的时候 就觉得自己 哑巴了

也许我 需要一个盖 把我盖上 然后 然后在 里面 放屁 放梅酒 放几滴纯洁少男的泪水 放×莓果汁 放假 放点宽容和 善良 再放少女的黑头发 素颜长睫毛

他们加起来 使劲使劲 又安静地发酵

说不定 琥珀就脱落了 我要把它放到美术馆

那时候 就算是 冬天 我也不会觉得冷

如果是夏天 我就带上我爱的那个小傻瓜 去旅行 阳光充足的 三千尺高 我突然明白了 我不能坐在 悲伤的你的 旁边

[2008/5/2 后怕]

今天差点“挂”了 前几天工作排到一起 结果有篇论文一直都没写 今天交作业 昨天晚上开始突击 看到最后 眼里的英文都变成字母 一点也召唤不出它的意义 好在清晨四点左右总算写完了

赶早上七点十五的V/Line 去学校交作业 一睁眼已经六点四十五了 迷迷糊糊地起来穿上衣服鞋子拎着书包就往外跑 钻进车里踩着油门就出了停车场 我住在半山腰 去火车站的话要越过山头到另外一边 我右手握着方向盘 左手在包里翻手机

也说不清当时怎么回事 脑袋似乎空白了 等我反应过来已经错过了转弯要开到花坛里了 于是我使劲地往右边打方向盘 结果 哐当 一声就撞到路灯上 玻璃一下子都碎了 随后车子就莫名其妙地像过山车一样翻了过来 整个过程当中我脑子都很清醒 还好我系了安全带 我的脸和破裂的玻璃的距离大概也就几厘米 这时候 车前面开始冒烟 我第一个反应就是赶快离开这里 车子要爆炸了 松了安全带 使劲把车门推开 爬了出去

看到远处有一个提前来上班的老师瞪着大眼睛望着我 她似乎惊呆了 我朝她走过去 她扶住我问 你好吗 你好吗 有没有受伤 我说我没事 就是脑袋撞到车顶了

她说 应该送你去医院 我说不用 我应该没事 估计这个老师也不知道如何是好了 所以打电话给警察 大概十分钟左右警察就来了 看到被撞倒的路灯 还有我大头朝下 已经破烂不堪的车子 满脸震惊的表情 他们问我是不是喝酒了 我说没 我就是昨天写作业写得很晚 警察又问我 当时有没有超速 我说没有 后来做了酒精检测

警察打电话叫来了拖车 操作拖车的大叔看到这个场景说 crazy（疯狂！）他对我说 你真命大

拖车的过程中 他的手被我车玻璃划伤了 他开玩笑说 我受的伤比你还严重 我笑

那个女老师执意让我去医院检查 她说我不可能什么事都没有 可能是内伤我自己感觉不到 我感谢了她 说不用 谢谢她早上的帮忙

回学生村 给老师打电话告诉她我出车祸了 作业从网上交 下午开始下起小雨 还要打工 骑自行车去工作 雨水打在眼睛上 有点难过 车子也报废了 而且警察很可能起诉我 因为 发生事故的附近有个小学 越想越难过 使劲蹬着自行车 厨师问

我今天怎么没开车 我和他说了早上的经历 他说 You are nuts, man!（你疯了，伙计！）早上出车祸晚上还来工作 我说 不来不行 因为没人顶替我 再说我没怎么受伤 晚上工作完回家 淘尼说 我载你回家吧 自行车就留在这里 回去好好休息

晚上回家以后 自己一个人静下来才反应过来这一天的经历 脑袋里回想着当时翻车时的情景 开始不由得打哆嗦 控制不住地颤抖 给我妈妈打了电话 妈妈在电话那头静了一会儿说你好不好 你好吗 我说我没事 安抚了她一下 她说给自己煮点面条吃 好好睡觉 别害怕

我躺在床上想
但愿是 大难不死 必有后福 吧
可是 还是要感谢 上面的人 谢谢您

[2008/5/6 很喜欢又不知道在唱什么的日本歌曲]

Dom 同学 回到德国 签名改成 Germany so nice（德国太好了）你看 我们人人都有爱国情节

小茧说 去看火炬传递的时候 应该举奥运五环旗 我想想觉得很有道理 你都弄五星红旗 人家觉得你爱国主义泛滥 至少也觉得 只是你们国家的事

但是 如果用奥运五环旗 性质就不一样了 人家感觉你是在维护奥运 这样大家就都参与进来了嘛 姐姐你 真牛

所以 大家 当你们去支持北京奥运的时候 别忘了 你的奥运旗帜啊

新车 目前锁定 VW Passat 2.8 V6

我问Dom 这个公里数 还要那个价钱 会不会 太贵啊

结果小朋友说 It's worth it, and it has leather seats. Lots you can do on leather seat.（这是值得的，而且它有真皮座椅。你可以在真皮座椅上做很多事。）

我就无语了

还有 小台湾爸爸原来就开 Passat （帕萨特）V6

他说 这是缘分啊 我说是我和你爸的缘分

结果 小朋友无语了

我没有洁癖 可是 大便以后 如果没有冲干净 我就会用刷子刷干净

洗澡以后 如果 下水口处有头发 我会用手纸包起来 扔了

近期搬来些 中国学生 习惯很不好 害得我 最近经常 帮别人刷厕所 捡长长的头发

不希望 下一个来用的人 使用起来不方便 更不希望 他们觉得中国人不卫生

大家都自觉起来 一起住 就要彼此体谅嘛

Owen 同学生日快乐

[2008/5/9 delicate]

So why do you fill my sorrow
With the words you've borrowed
From the only place you've known
And why do you sing Hallelujah
If it means nothing to you
Why do you sing with me at all?
（所以你为什么要填满我的悲伤
用你借来的单词
从你唯一知道的地方
为什么你要唱哈利路亚
如果这对你毫无意义
你为什么要和我一起唱歌？）

#最近追的美剧 有句对白 大概是这样 If you go away far enough then you are on the way home（如果你走得足够远，你就已经走在回家的路上了）

“当敦煌飞天的时候，皓平，我要想你。” VS “如果 有天 我不再唱歌了 请你们忘记我” 果然是两个我爱的 聪明女人 知道什么是 己所能 和 己所不能

#那时那刻 觉得时间静止 心中有形状各异的情感向外涌出…… 想紧紧地抱住你 一直这样下去

#又开始听 Cocorosie（法国乐队 奇幻姐妹花）/ Damien.Rice （戴米恩·莱斯）单曲重复

#MC 的space（空间） 上 用 四个词“我，兔子，桥，钥匙”造句 我的第一反应是 兔子拿着钥匙过桥看我 注意到答案 “兔子是爱情，钥匙是财富，桥是人生”觉得还不错

[2008/5/15 加油 中国]

立正 敬礼

[2008/5/26 肚子痛]

毕业论文准备中 考试预备中 本着不成功便成仁和是骡子是马拉出来走走的 心态 开始倒计时了

嗯

从 开学时 老师惊讶地对我们班级的三个说 用半年读 两个文凭吗 You guys will be fucked!（你们会完蛋的！）（我们

这个小班只有三个人 两个巴基斯坦人 还有我 他们都是我学厨师时的同学 我们关系很好 每天中午一起吃饭 因为他们的宗教信仰 所以我们只能固定去一家清真饭店 天天中午去 去了半年）到现在的 仅仅剩下 28 日

步履蹒跚 苟延残喘 走了过来 嗯 想说 28日 混沌小宇宙人品积攒完毕 亚健康期 jet （喷射式）大爆发

即使作业已经堆积到这个地步了 我还保持着 YouTuber（视频博主）本色

看了 力宏和赛林纳的那个 《你是我心中的一首歌》 Hebe真的是 太彪了 代人亲

看了 一个拯救型男的 《女人你最大》 里面教怎么抓头发 今天早上就用发蜡抓了抓 其实刚刚理了千秋头 不过因为懒 都只戴帽子

上学 被几个不认识的女生 give me five（击掌） 故作镇定击掌 走过拐角 开始感叹 刚才可以更帅的……

看了 《北京欢迎你》的 视频 ×××次 莫文蔚 最大 穿成那个样子 简直就是女神 这样的词 竟然是林夕写的 他是男神 是 男 神

自己听了 几百次 热血沸腾不算 还发给朋友听

小野 来我房间 我逼他听

成龙唱 北京欢迎你 为你开天辟地 的时候 我的爱国主义情节又飙红了下 ……

他看我那个激动的样子 说 战争时期 你就是那种 连长动员鼓舞几句 你就扛着旗往前冲锋的

我说 屁 你也太小看我了 那也得看连长帅不帅吧

可能 昨天视频看了太多次 甚至看出来蔡国庆在对任贤齐那句口型 小谢对的陈奕迅那句

早上起来 神志还没清醒 就开始 满脑子的 北京欢迎你……

P.S.

· 有的时候 我真的很鄙视 工作效率极低的自己

· 如果 两个学位都顺利 pass（通过） 我就澳大利亚南北十日游

· 怎么会有人的名字 叫 Bank 怎么 叫Bank的 恰好就很有钱吗

· 眼药水 Berocca （柏乐卡）V-can（能量饮） Red-Bull （红牛）沙拉 使用中 只求维持个亚健康……

[2008/6/11 鲜美的蘑菇]

考试还剩下十分之一 我最怕的科目 今天早上也结束了 所以基本上 用半年拿两个学位的心愿达成了 MSN （即时通

讯软件）签名改成 请尽情地 表扬我

最近可能因为 吃得不健康又喝很多咖啡 不运动 不吃菜 所以放很多屁 又很臭 多谢 小野包容我

有一天在房间上网 放了个超臭的屁 臭得我都要吐了 可是我还是蹲椅子上不动弹 我就是宅男典范

回家路上 因为晚上没吃的 就去之前学西餐的饭店订了两个人的位子 要和小野庆祝下 结果我忘记了 小野晚上要打工

最后只好 自己去吃（有点尴尬）

吃了两道以后 去后面和老师打招呼

结果 老师 当着全班十多个人的面介绍我 This is one of my best students from last year. Now he works at a Melbourne top 10 restaurant.（这是我去年最好的学生之一。他现在在墨尔本一家十大餐厅工作。）

热情的Ross老师 非要请我吃甜点 说算他的

吃了饭 走出来 才反应过来 刚才被老师表扬了 开心得 胃都要笑出声了 差点绕山跑两圈

要好好计划 接下来的半年

[2008/6/15 想你的时候 风忽然就停了]

“你拥有你的，我拥有我的，盛开。

你适合你的，我适合我的，垂败。”

另 最近很horny（性感的）……

[2008/6/17 光脚在地板上走]

晚上做梦 第一个是 和马天宇一起在我们大学跑步 问他李宇春 到底好看吗

第二梦 梦见爸爸 爸爸变得很胖 小跑着 去“七十一”给我买东西 当时感动得差点流泪 想下期就写《背影》做梦的自己 实在看不过 梦里的自己 说了句旁白 你以为你是朱自清啊

早上 洗脸 想起日本漫画 觉得这么说也不错 我到底要用怎样的 速度生活 才可以避开你

[2008/6/30 还是会寂寞]

很闲

胃口不好 去了医院 溃疡和十二指肠 不知道怎么说 疼痛的感觉也形容不好 医生问的问题 专业点的就听不懂 医生肯定感觉出来我在很努力地解释 开药的时候 他说 Well done（做得不错）我发现按时吃饭很难 按时吃药就很简单

Viva La Vida（《生命万岁》） 一出来就去买了 开车的时候反复听 *Lost*（《迷失》） 我这种芮皮特 达人 用6cd player 真浪费

没有之前的歌那么让我触动 可能 我需要的是个敏感灵魂 一个 唱着 *Yellow*（《黄色》） 的 scientist（科学家） 来 fix me（牢记我） 至于革命与神样 距离我太遥远

想问 Do you really believe what you are singing（你真的相信你在唱的吗）

可是 反过来又说

“不是关于 萌点 也不是关于某某控 是关于分不清的真假音 是关于卷发 关于大腿和小腿的弧度和奇怪的滑冰舞步 是关于一个人走或者跑的MV 奇妙的自信与手势 眼神的温柔度 门牙的缝 一定是关于什么的 否则 我为什么总是很轻易地就能被这 小爷们儿 弄哭”

Big thanks to Coldplay（非常感谢酷玩乐队）

短期内的目标就是 完成 《世界尽头与冷酷仙境》的两个版本的阅读 和找一份新的工作

哦 对了 在图书馆借书的时候 仔细地考虑了 和读者之间的关系的问题 觉得应该是 彼此尊重的 写与读的关系

妈妈的三炷香

妈妈说 她最近 每天会烧三炷香

一个 让爸爸身体健康

一个 让我平平安安

一个 祝弟弟考试成功

一个人 当她 可以把自己的幸福 建立在别人的幸福之上的时候 这样是不是 更容易获得幸福呢

[2008/7/2 Good boy dating porn star（好男孩约会色情明星）]

你出现的时候 世界 哗的一声 就只剩下 我们了

音乐换成 Clodplay *Lost!*（《迷失！》） 然后看到Owen space 也在放这种 感觉 真的是物以类聚

最近一直阴天 高中寄宿在W市 那里经常阴天 早上会有很大的雾 雾厚重得 伸脚不见五趾 因为学校操场刚铺的塑胶粒 所以不让学生上去踩 大家都绕着去食堂或者上课 我当时就想 拉上一个人 去操场中央接吻 一定是又安全 又刺激

记得当时周末 同学都出去了 一个人在冰凉的寝室里躺着 明明是阴天又不想开灯 那样睁着眼睛躺很久 当时心里想的什么 也都忘记了 只能记得当时的心情 犹如古井里的石头被扔到沙漠里的感觉 安静的 寂寞的 又真实 不喜欢阴天

初中时候的夏天 回忆起来 似乎被上百块反光板打着的明亮 那时候 你说 我们去海边吧 我问还有谁 你说 只有你和我啊 然后一下午都很开心 任同学说我 你嘴里怎么含了个衣架 我们顺着滨海路走 很少说话 因为有知了和 鸟的叫声 所以都不会觉得突兀 树又高又绿 花开得很奇异 偶尔听到别墅里狗叫的声音 我们在石头凳子上 坐下来休息 你指着 下边的海说 看 像静止了一样 你问 海的那边是哪里 我说 我也不知道 山东或者日本吧 你说 笨蛋 我说 明明你自己也不知道 你就咂了下嘴 瞪着我笑 眼神明亮 我在想 你怎么长得那么漂亮

小学一年级的时候 就有喜欢的女生 午饭之后 拉着女生

到操场一角的花坛边 说我喜欢你 女生的头发扎起来 在脑袋上绑了一个包子的形状 额头明亮 然后她说 我也喜欢你 一直觉得自己 情商很低 明明自己不知道如何经营感情 但是在每次喜欢人的时候 都会 迫不及待地说 喜欢你 大概十年之后又见面 她从俄罗斯学舞蹈回来 见面时 两个人都没有说话 隔了一阵子 同时问了 你好吗

我们家小机器人过生日 一帮人去 墨尔本市钱柜唱歌 唱《好久不见》和《你的背包》 都没有什么感觉 小机器人拿过mic（麦克风） 屏幕上是《至少还有你》 她说她 曾经在电话里唱这个给她妈妈听 她妈妈哭了 明明当时我心里的潜台词是 真做作 可是还没唱过副歌 就红了眼圈 就大吵着 酒呢 酒呢

我一直相信 当你做了某件正确的事 它就会使你在这个地球上的重量 增加一些 会觉得 安全踏实 现在让我觉得害怕的是 不知道什么地方 有阵风 可能是来自某个角落 可能是一个不属于你的人 可能是疾病 当刮风的时候 它就把你像 叶子一样卷起 带你去它想去的 地方

[2008/7/4 这不算什么 只是为什么……]

最近生活 大概是这样的

平躺 饭局 小说 平躺 咖啡 平躺 电影 停车 平躺 护手霜 平躺 平躺 平躺 平躺 平躺……

宝丽来的照片是用 从xMAXx 那里买的Rossa相机（指一款宝丽来的相机）照的 优点是可以自拍 缺点是厚

[2008/7/10 很久前风干的水彩]

明明 有的时候 阳光还算好 可是就是冷 冷得要缩到一起了 暖气和电褥子一起开

今天去店里拿 支票 工资每小时又涨了三块

刚刚看 《L之终章・最后的23天》 除了L本人有点看头外 从剧情片变成动作片 果然没什么搞头 有甚者 小野同学在一旁说 原来是提倡环保题材的

L桑跑的时候 看得有点难过……为什么不能和夜神桑一起呢 明明彼此是相爱的

[2008/7/15 谢谢你分享了我的 狼狈]

下午 房间内 14：42 晴天 稍有云 凉 如果你是你 而 我不是我 那么……

围上电褥子 给自己制造了一个 伪夏天 白茫茫的 不用用力呼吸的夏天 你出现的时候 我执意要把 熊猫背心挂到你耳朵上 你叫嚷着追着我跑 却又不把它拿下来 我觉得我永远也搞不懂你 在你一次次 骄傲地说 我已经把你看透了的时候

有一些爱 像 卡农 反反复复可是不会觉得腻 当你觉得要结束的时候 它又来了

有一些爱 像 Pola（宝丽来）相机 或者已经停产的700相纸 用一点少一点 我似乎能听到它下降的声音

[2008/7/18 开机如开电脑一般的索尼M600i手机]

下雨 之后忽然天晴 在房间看到 外面的彩虹 翻出宝丽来相机 Rossa 飞奔出去 抓住了一角

翻阅三个本子 找你的电话 有些号码 没有署名 会读出声音来 感觉 那是不是你的手机号码

反复尝试了 好几遍 才用 打中国的 电话卡 打到你那边

又有半年没有讲话 不知道要说什么 接听音响的时候 在想 会不会有人帮你过生日

你小声说 喂 我说了句生日快乐 你在工作 我匆匆挂了电话 00：19

出来厅里的时候 竟然有 花火的味道
生日快乐 生日快乐 生日快乐 生日快乐

看 《蝙蝠侠：黑暗骑士》 大约在 两个小时左右 出来上厕所的时候 捕捉 到 小说 开始的语气

有时候 有 无论如何 也想抱住你的冲动

和 小野一起买乐透 从我喜欢的那几个 小朋友那里 要了7组号 加在一起才 中了两枚…… 只能说 你们太弱了 小野说 买乐透 就是花钱买幻想 我和小野准备把彩票当成 长期投资 我们买每周周二开奖的彩票 因为 我都是 每周三开始工作 就像 如果周二中奖了 我就不必工作了

对话：
我刚才给你打电话了

我电话停机了

嗯 我知道

那你怎么还打

我不知道

[2008/7/22 睡觉前 能给我讲一个故事吗]

癖好是 洗澡完毕 一定要用凉水冲 关掉热水阀在龙头下转五圈……刚刚踩到肥皂 滑倒了

[2008/8/9 很多习惯 好的坏的 其实习惯了就OK了]

现在是 凌晨2：47

刚刚看完开幕式 又激动了

今天晚上 本来打工的我干得飞快 厨师问我 你今天晚上是来 拆店的吗 我说我着急回家看开幕式 然后 厨师说 原来你可以干得这么快的 平时都偷懒了你 窘

下班以后 开幕式已经 开始半个小时了 钻进车里就 踩油门 开出去 两百米后 觉得不对劲 一看 手刹没拉……

一路飞奔回家 那速度 让我觉得 比赛还没开始 我先 奥林

匹克了

我觉得很好看 有个地方还看哭了 忘记 哪里 就觉得中国真好 中国人真可爱

中国队出来的时候 我和小野又是鼓掌 又是喊的 嗓子都哑了 后来 有个双手做鸟状的舞蹈 小野和我 还傻乎乎地follow（跟随）了

P.S. 每个国家都有 美少年和美少女

P.S. 我看的是澳洲 seven 电视台 转播的解说给了很高 很客观的评价 最后他说 难以置信 感谢中国 给我们一个这样难忘的夜晚

P.S. 很萌 各个国家 首脑夫人

[2008/8/20 英国男生太有礼貌]

很早以前 用MSN 很多人 离开的时候会说 我吃饭去了

之后 更多人 喜欢说 我洗澡去啦

再之后 我去gym（健身房）啦 或者 我练瑜伽去了 慢慢流行起来

就这样 在夏天到来的前两个月 我也加入了 聊天时会说

我健身去啦 的行列

被豆包称作 很爱折腾的我 没健身前 置办行头成了头等大事 去了两次 city才买到喜欢的运动裤 鄙视自己一下

在无比喜爱的灰色加红色logo（标识） $160 Polo 那里踌躇了很久 那那说 真的喜欢你就买好了 最后还是 毅然地 走出了 Myer（迈尔百货公司） 去买了 阿迪达斯的 三条线 那那看着我的眼神 有种小S说 快把 面具给我撕下来的 意思

每周 健身四次 每次一小时 健身教练说 这样练下去 年底你就能 70kg了 ……内心独白是 哇 70kg 老子不就完美了吗

然后 就 每天早上 吃三个水煮鸡蛋 晚上 吃蛋白粉

每次健身后 回来第一件事 就是洗澡 我是超级不爱洗脸洗澡的人……不过 实在控制不住 观察自己肌肉的冲动 对肌肉喜爱的顺序是

腹肌>背部肌肉>胸肌>肱二头肌

最近 同事和我说得最多的就是奥运会 爱丽丝问我 安东尼 你看奥运比赛吗 我说 当然看 你呢

她说 Olympic is all I watch（我只看奥林匹克）

（想起来 有一次厨师买了一个 测温度的机器 就是 一按之后会有一个点 打出去 就能测量那个点 所在位置的 温度 后

来 我就用那个测温仪 点了 我的厨师 还有洗东西的欧洲阿姨 还有经理 我说 Cindy 温度最高 肯定工作最卖力 然后 爱丽丝 就 跑过来对我说 Do me! Do me!（测我！ 测我！） 这时候 老板进来了 她说 Unbelievable you said that...（难以相信你说的……）

官邸的那个厨师淘尼 听说 我因为在 保龄球馆工作 没看开幕式前面 他说 太可惜了 你没看我都看了两遍

遇到之前的 澳洲老师 他说 你们中国拿金牌 拿疯了

印尼的甜点师傅说 中国 现在是不是都四十多块金牌了 我们国家才两块

保龄球馆 可爱的小厨师说 最难以置信的 是举重 中国 那个举重的 就比你壮一点 （我不知道他 是怎么看的……我 健身才一周而已）身材比美国那些 膀爷差远了 怎么那么有劲呢

……

每当这时 我都极其做作地 一脸波澜不惊的表情 客气地 说 中国参赛的多…… 可是心里已经 乐开了花

[2008/8/24 肾上腺素攀升的手感]

官邸的经理Cindy 也是一个健身教练 她知道我开始健身

了 很开心地和我说如果壮起来以后肯定是个帅哥 她问我现在每天都吃什么 配合着吃蛋白粉了吗 我说有吃蛋白粉 但是我不是很喜欢 因为每次喝完蛋白粉我都很口渴 还有我每天会吃三个鸡蛋

她说你那么高 一次吃三个鸡蛋怎么够 至少要吃五个 我说哦 当天晚上回去就煮了五个鸡蛋 吃的时候小野问我干吗一下子吃这么多鸡蛋 晚上不吃饭了啊 我说为了长肌肉 小野说 可是书上说 一个人一天最多吃三个鸡蛋 再多身体就不吸收了 我在网上查了一下 果然也有这种说法 然后我就想 以后每天吃四个好了

我问Cindy 为什么我每次健身以后就觉得效果很好 肌肉都出来了 可是 睡一觉又小回去

Cindy说 你感觉肌肉变大了 其实它们并没有变大 只是因为你在运动过程中 它们充血 胀起来而已 真的要长肌肉要不停地锻炼 在肌肉纤维不断碎裂 修复的这个过程中才能真正地长肌肉

任重而道远啊 任重而道远

[2008/8/26 欢乐单调的学校生活]

晚上回家的路上 穿过森林的时候 怕轧到动物 开远光灯 有的时候遇到狐狸 有的时候遇到兔子

工作的时候想到 在我有勇气 说 我做你男朋友吧 的时候 如果你说 好啊 的话 现在我们会是什么样子

被喜欢的人在十分钟内 骗了两次 我的谎言又立刻被揭穿 自己嘴硬说着不满 可是心里有点 幸福

你说 以后要一直在一起哦 以后不能因为一些小事就不理我哦 有那么几秒 我百分之百地认真 相信了

下午休息 看足球决赛 很喜欢 阿根廷的传球 脑子里忽然出现了 一个关于 乌鸦的故事 想着想着 觉得心疼 在放屁和打呵欠的时候 流出了眼泪 用手掌从两边太阳穴往鼻翼两侧使劲地挤

右手食指的指甲 长到了肉里 很疼

连续几个晚上 口渴醒来 迷迷糊糊地摁亮闹钟灯 都是三点半 懒得穿裤子 光腚围着毛巾去 厨房喝水 小野说 你不怕别

人看到啊 我说 看到了 我就给他推倒

赫本小朋友 偶尔会来看我日志 电话那头 她问 为什么读起来 总是悲伤呢 哎呀 我也不知道 明明是比较开心的

亲爱的不二 会不会 你也不是很了解我呢

[2008/8/28 日落后 这女孩的脚一定会冷的]

除非长相关系 否则 很少讨厌一个人 觉得讨厌一个人 很费心力 有这个能量 应该用在喜欢的人身上 所以有些人 在我心里 被放在 模棱两可的地方

因为长相 就会很容易喜欢一个人 想与他分享时间和 经历 可是 好看的人 那么多 一个又一个喜欢下去 结果自己都没有被别人喜欢 甚至 自己也不喜欢自己 有的时候想说 像市川拓司 笔下男主角那样爱一次怎么样 这个想法还没形成 脑子里就发出震耳欲聋的嘲笑

脑子里出现很多问号 你喜欢吃什么 什么时候睡觉 敏感的部位 喜欢什么样的咖啡 你为什么 每次都能很痛快地挂电话 或者 下 MSN

小说里 暗恋男生的女生 安慰他说 就像下雨时 躲到屋檐下避雨一样 这时 男生看着她 反问道 如果整个世界都在下雨呢

电影里 穿着洗得掉色的紫色背心的哥哥 握着妹妹的手睡了 阳光充满房间的时候 他们也没醒

屏幕上 你是我男朋友吗 和 几秒后 回复的 嗯

一切都在慢慢进行 很自私又很狡猾 说一定会happy ending（幸福的结局） 其实没有底气 希望你全身而退 倒是真的 想到小茧说过的 一句话 “这样的自己 真不可爱啊”

想谢谢你 因为你 讨厌我 觉得我恶心 因为你想让我抱你 因为那句 那就保持联系 或者 Let's work it out（让我们解决它吧）

[2008/9/1 命中注定]

打工 有的时候从 早上六点一直到晚上十点 周末的时候 有五十多岁的老头和老太太结婚 坐着大马车来我们店里 店里的女生们和经理都穿成了 欧洲老式的女仆的样子 我拿了 Pola

去和大家合影 经理很喜欢我 把大家都叫来 照了很多照片

刚刚看那照片的时候 有点感动 其实我觉得 我的厨师 对我凶 我一点都不生气 或者 他让我干重活也没什么 让我 自己一个人 留下来打扫也好 斤斤计较也好 出尔反尔也罢 都可以 尽管当时不爽 后来觉得也没什么

淘尼 是我大厨 也是我师傅 在中国 师傅就是爹啊 再说 我的厨师 有时候对我也不错 让我带东西回家吃 带我去买车 出去吃牛排 我很欣赏他 工作认真的态度 和刻苦耐劳的精神 一日为师 终生怎么怎么样的

经理说要带我健身 当我私家教练 淘尼说 算了吧 Anthony和你练了后 没法干活了

老板也喜欢我 我也蛮喜欢她 还有 女孩儿们 也很可爱

总之 能在这里 工作太好了 一定会 记得的 多谢关照

马上就要回国了

[2008/9/9 他说 I am chicken soup for the soul-less（我的没有灵魂的心灵鸡汤）]

回家了 带了四个宝丽来相纸 可是忘记带相机 在上海买了一个 每次询问600相纸的时候 对方那个表情 我都很不爽 有种 “摊手”和 “同情” 和 “时日不多 喜欢吃什么 就吃

点什么吧”的感觉

在上海 下雨的时候 看到小狗冷得直打哆嗦 把它抱在怀里 很想给它安全感 结果没有好好撑伞 两个家伙都湿透了 觉得被小狗吃掉也不错 可能是我一厢情愿

回到大连 就在家里待着 大白天 看残运会 嗷嗷地哭了出来 晚上和妈妈说 问她 这样会不会女性化啊 妈妈说 不会 你善良 真的吗

实在闲得很的时候 翻柜子 看到自己以前的照片 初中时的 自己很难看 那个时候的朋友 现在还是很好的朋友 翻出来日剧《橙色岁月》晚上和妈妈一起看 我妈竟然说 瑛太比 妻夫木聪 好看……

我的好朋友 只能让我来欺负 别在我面前嚼舌头 就算他缺点再多我也喜欢 就算你嘴上功夫再厉害 也只想和你说“驾”

这样

P.S.

还是大连好

去书店问 有没有我的书 阿姨说 《陪安东尼度过漫长岁月》 很多人来问过 可是我们没有哎…… 内心独白 那还不快去进

最近 很喜欢人参制品 碧欧泉那个人参小红 人参糖和雕牌还是鹰牌的人参茶 觉得 人参的味道真好 又老气又有安全感

[2008/9/20 混元金斗 其实是个 马桶]

和小狗看 *Short Bus*（《短途巴士》） 我就在想

人的一生 要上多少次车 要下多少次车 才能性爱合一

[2008/9/26 济慈先生 你好吗 / 我很想念你]

上个礼拜 去了很多地方 遇到一些人 没有思考很多事

飞上海 办登机牌的时候被认出来 在国内被认出来还是第一次 对方 又漂亮 于是很开心 很俗地在机场给妈妈 打电话报告

对南京 印象很好 觉得出租车司机都很好聊 有脾气很好 很高 粗糙又茂盛的树 谢谢 S 和 Echo 的招待 学到两个词

“车震” “雅” 晚上和S Simy 爬上古城墙 五百年前石头砌成的桥 也只是走一走而已

南京的先锋书店 用西米的话说 还蛮雅的 淘到两本本子 挺开心 吃饭的时候看到一对 恋人 觉得他们很甜蜜 两个人都戴着戒指 讨论着房子装修的事 在心里 羡慕着 羡慕着 羡慕着 在书店 很应景地 买了村上的 《遇到百分百的女孩》 明明看了好多次 却毫不迟疑地拿了起来 晚上和萌萌打电话 聊了蛮久

和很可爱的小朋友一起在高层吃了饭 很不可爱地 没完没了地和他讲 小狗的事

陷入 清新风格的 SM（施虐与受虐）风 恋爱

[2008/10/1 夏日开放后 迅速颓败的玫瑰]

当初 我让你吃了我的时候 你就应该吃了我

把你删除了 又加了 阻止 因为 我很怕面对你 我喜欢你 可是 和你一起的时候你总发脾气

我知道 我有很多地方不好 可是 这次你说了让我很伤心的话 我不知道要怎么面对你

我也不想 总是让你生气

你眼里 我的缺点太多了 多到看不到 我这么喜欢你

也可能是我的问题吧 也许我真的不好 也不适合 谈恋爱
你和我说过 五次分手 这次终于分了 现在 你开心了吗

之前觉得 分手的时候 说希望对方幸福的话 完全是放屁
明明就应该 诅咒对方 下一个 又丑又不会做爱
可是这次 我们分开以后 我竟然很想让你幸福哎 你说怪不怪 因为 你除了经常对我生气 真的是太好了

嗯 那你就幸福吧

可是 即使这样 还是会觉得 很可惜

如果 那时候 我们抱在一起睡觉的时候 你把我吃了 就好了

[2008/10/2 讲了电话以后 整个人 就舒服多了]
Y说 他不喜欢一个人的话 就在他面前 抠鼻子

我不喜欢一个人的时候 就对他 很客气

希望是 我抠着鼻子 Y却和蔼可亲地看我 嗯 友谊天长地久

[2008/10/6 我的朋友都说 它旧得很好看]

你毫不掩饰地 自私着

再这样下去 我如何讨你欢心

[2008/10/7 请给我 一碗白米饭]

不知道 如何爱你

看着你 是我唯一 的方式

[2008/10/14 party 上很不自在]

夜航 一个晚上的时间

只要 有的没的 断断续续看几部电影 喝几杯果汁 睡几次就回到原来的生活

那时候 我还不认识你

我在飞机上 想你

当我 闭上眼睛的时候 就能看到你

[2008/10/15 请你给我 多一点点问候 不要让我 独自难受]

15号 只是想你 没有梦见你

十点钟 起床 接了老板一个电话 下午上班

煮了三个鸡蛋 干吃下去 刮了胡子 开始写稿子

你说 一个礼拜你就会 忘记我 还有五天

我要让自己 忙碌起来

小跳 问我 想找怎样的人

我说 爱我 又爱和我做爱

为努力变成 更好的人 加油

[2008/10/20 Val Lehman（瓦尔·莱曼）]

写在 揉捏过 不平整的 之前打印论文作业后面的断断续续 用来更新的话 一句也没写上来

特意拍的宝丽来照片 关于你的 我的 你知道的 和你不知道的…… 也没有传上来

不用文字说事 不用照片说事

接下来 要做一些更有意义的事 之前的一些文案 和 心里的一些东西 要整理出来 有人说 太久 怕忘

想起来的 都是你的好

我很好 还会更好

[2008/10/22 a room（一个房间）]

坐着没事 找了套题来做 蓝小楼同学没点我 我就当是 她点的

废话不说 Let's begin（让我们开始）

Q2：如果看到自己最爱的人熟睡在你面前你会做什么

盯着他/她

Q4：2007年你最后悔的一件事是什么

没给上一辆车 买保险

Q7：你最想要的5样东西是什么

钱 雅思过关 男/女朋友 ……钱 钱

Q8：最后一次发自内心的笑是什么时候

和小狗出去玩 小狗发嗲

Q9：如果给你一个机会去世界上任何一个地方旅行 你会去哪儿

喜欢的人 心里

Q14：如果让你拥有一种超能力 你愿意拥有什么呢 为什么

说的算 要你管

Q19：如何向喜欢的人表白

盯着

Q24：世界末日 你会幸存 并且你可以救一个人 你会怎么做

立刻做

Q26：你在乎别人看你的眼光吗 会为了众人的反对放弃自己想要的东西或人吗

不会 不会

Q49：你和你现在的女（男）朋友在路上碰到你以前的女（男）朋友 你会怎么办

暗自深呼吸 上去打招呼

Q52：郁闷的时候怎么办

吃

Q53：最适合你发呆的地方

老板不在的地方

Q54：做过最开心的梦是

春梦

Q62：你最想为你将来的那个他（她）做件什么事

爱 饭

Q76：爱是什么

爱了 我 唯一

Q82：如果你非常想一个人会怎么做

去找他

[2008/10/24 喋喋不休的女生]

“每次吻你，也乱了心跳，过去我哪会有明眸烁烁闪耀，全赖在每次你说爱我，我自觉紧要”

过去我哪会有明眸烁烁闪耀 过去我哪会有明眸烁烁闪耀 过去我哪会有明眸烁烁闪耀

过去我哪会有明眸烁烁闪耀 过去我哪会有明眸烁烁闪耀 过去我哪会有明眸烁烁闪耀

啊啊啊 黄果树瀑布 可爱啊

[2008/10/30 遇上百分之百女孩]

“如果是100%的人的话，不管多少次错过流连，生命中若隐若现的接点应该更加清晰才是。

如果是100%的人的话，不管多少次误会爱上了别人，转过头来还是知道对方正好走到了一个岔口。

如果是100%的人的话，不管多么晚才发现自己的心意，兜兜转转绕了一个圈回来，你也刚好站在那里。”

[2008/10/30 上海妇女用品商店]

最近很困 用各种各样的表情打呵欠 眼睛红红的

昨天晚上做梦 一个接着一个 完整的小故事

有一些 记不住了 一些记得很清楚 其中有一个是 我从一条门缝里偷窥 画外音说 这是一个贫困的村庄 穷的男人都没有钱结婚 于是他们都找 一个叫大姐的女人 这个女人收男人的定金 然后给他们安排女人 帮他们生孩子 女人生下孩子

便走

在梦里 我从门缝里往外看 大姐带着男人去 山坡上 见女人 山坡上 长着绿油油的草 好像开着小黄花 记不清他们的表情了

另外一个梦 说 一个男人生了一个 小女孩 我问他怎么生的 他指着腰的右侧说 这里会变得很胀 然后皮肤越来越薄 然后 男人抱着她女儿 和 男人的爸爸妈妈 坐在农村样的小屋子里 脸上有着笑容

起来的时候 觉得 做这样的梦 真诡异 然后去把衣服收了回来 刚收回来 就下雨了

去city理发了 很短很短 因为 下周要去Melb Cup（墨尔本杯） 当酒保 想利索点

在Myer前面等车的时候 用两只手 一起摸两边的头发

嗯 被 小狗摸过的头发 都留在 理发店里了

[2008/11/3 有木质地板的饭店]

现在执着追求的事 将来必定有一天变成 不重要的

机器熊猫说 人死的时候 能带走的只有回忆

我觉得 回忆只是在 当下影响我们的感受 带不走 也留不下

[2008/11/5 穿你的衣服上街]

从 一生一世 到 一期一会

小西传给我 两首歌 《转眼之间》和 《类似爱情》

听了好几百遍 也不腻

想起来一些事 和小茧在日本的时候 有一次我们俩在大德寺里溜达 因为寺院在整修 很多地方都封闭了 稀里糊涂的我们俩来到 寺院一角 高高的竹林里 有一个小庙 供奉着一尊地藏王菩萨

其实在日本 去过很多寺庙 见过很多佛祖神仙 可是大部分 只是心怀尊敬地 看看而已

但这个小庙不同 它不大 很安静 木质的外身 琉璃的墨绿色瓦 地藏王菩萨表情很慈爱 只是眼神很空 然后我把包和相

机给小茧 走到前面 跪了下去 拜了三下

抬头 忽然看到 庙门上横着 从右到左 刻着四个字 一期一会

那一刻 觉得有冷风吹进骨头里

后来 我们俩继续闲逛 小茧问 你怎么了 我说 一期一会什么意思

她说 一期一会是日本茶道用语 一期表示人的一生 一会则意味仅有一次的相会

亲爱的不二啊 你说怎么 想要一生一世的人 最后 都变成了 一期一会呢

我想 是我的想法 没有很好地 百分之百地 传达给对方吗

还是我 真的 做错了什么

[2008/11/10 一到夏天就经常流鼻血]

不二君 想要和你说的是

千万不要让那个喜欢你的人 撕心裂肺地为你哭那么一次

因为 你能把他伤害到 那个样子的机会只有一次

那一次之后 你就从 不可或缺的人 变成 可有可无的人了

即使他 还爱你 可是 总有一些 真的 东西改变了

我这么说 你懂吗

早上 醒来的时候 看到停车场 有一只袋鼠站在那里 往我这里看 我在想 要不要拿相机照下来的时候 它跳走了

后来 我很喜欢躺在山坡上 看着云快速流动 阳光刺眼 闭眼的时候 视野里留下 云的形状

即使 成了现在这般境地 我还是想你

回房间 拿相机 想用Rossa 记录我想你的时候 云的样子 可是躺下来以后 却没有按下快门 因为那片云已经 飘走了

上周连续七天打工 累到早上起来便开始觉得疲倦

也有开心的事发生 欧文要来玩 朋友谈恋爱 小跳找到工作 杂志要改版 被说腿很性感 小茧邀请我去非洲 认识一些好玩的人 Echo来的日期大概定下来

这样

[2008/11/15 Echo and Anthony]

今天坐V/Line回家的时候 给绘本《这些都是你给我的爱》的序写了草稿

你说 我现在成了这个样子 是不是都是 你 给的呢

比如

握手时的力度 走路的姿势 我的逻辑 身上的疤痕 爱怎样的人 说话的语气语速

我旅行的目的地 喜欢哪一个歌手 什么时候会哭 手段与造诣

我去的地方 微笑时嘴角的弧度 到底有多努力地生活 有没有 很爱喝水

是不是 很喜欢说我爱你 接吻的技巧 拥抱的姿势 说英文会不会很好听

有多天真或者多老练 喜欢牛仔还是西装 可乐还是泡面

眉毛的粗细 头发的浓密 走路时手指有多弯

……

嗯 我觉得一定是你 一定是 被你成就的

[2008/11/17 要看一场燕姿的演唱会]

高中时期 有一天晚上 晚自习 我在偷偷地用入耳耳机听歌 一边做一张生物试卷 整个身体是相当放松的

这时 忽然有一种放屁的冲动 所以我就把腚的一侧顶住椅子 然后 屁股一翘放了出去

也不知道是 哪里震动了 发出了震耳欲聋的 即使隔着入耳耳机也能听到的 可以和下课铃PK的响声

顿时 班上所有人都看向我这里 本来以为我的麻吉老对会陪我一起 处变不惊 让大家猜测去 结果这小子也很吃惊地看着我

于是 我的脸红到不行 还莫名其妙地举起手 说sorry（不好意思）

本来以为是我人生 尴尬之巅峰之作 结果 昨天晚上被打破了

明明是 最爱面子的 怎么总是这样 摊手

昨天凌晨一点 到底发生什么 你是想不到

最近心情好多了 尽管上周 樱桃 草莓 蓝莓的采摘活动失败 不过 光幻想也多少治愈了我

经常被人误会 可是又懒得解释 不过 即使被误会心里多

少也会埋怨自己 最近办理绿卡 因为一些情况 换了中介 于是从 一号律师 换到 二号律师

一号律师很恼火 说我不诚实 把他玩了 又说什么人品问题 不够爷们儿 等等 让我想到 类似你说的 手段高明

后来 四天之内 在二号律师的 帮助下 给一号律师 发了E-mail（电子邮件） 结果 一号律师今天 让我去

一号律师大概的意思是 他那天不对 我不是他想的那样 然后要给我打个六折 让我 继续在他那里办理 又说 他办理的这么多小孩里 他最喜欢我

我表明了立场 事情到这种地步 我不会用这个中介了 定金我也不要了 然后帮他写了个书面字据 证明我对他的工作很满意 解除合同 是因为我自身要求 好让他和老板有个交代

后来 我们俩都签字以后 他忽然问我 咱们俩以后还是朋友吗

因为我一直很气 就只是笑 也不说话

后来 他就把我妈妈给他写的毛笔字《陋室铭》 还给我说 让我送给 二号律师

我说 何必 那个就是我妈妈送给你的

他说 伤了感情 他不能要

我就说 还是 朋友吧 然后 他就很激动 一直和我握手 把

我送到门口 其实出来的时候 我挺开心的

因为 我希望好聚好散 不要让大家弄到 翻脸的境地

然后 我就在想 会不会有一天 你也会明白 我其实一点都不手段高明 我也真的对你好过 只是 也许那些并不是你想要的……不过 我当然 知道你不会 来问我 还能不能和我做朋友……那么多人 都等着和你做朋友 你就move on（离开）好了 不过这也好 如果你问我 我一定会选错

之前 去上海考雅思 因为雅思的考点 上海财经大学 离静安寺的公寓很远 于是考试的前一天就跑到 小西 庆庆和李安家

晚上和小西同学出去吃饭 小西同学很纯良 六粒章鱼烧我吃了四粒 在有米帅和MUJI（无印良品）的 那个什么什么广场 小西同学 一直说 他太胖 要少吃点

结果 在我们一起吃烤肉的基础上 这个家伙 又吃了一份起司焗饭 ……白眼

后来 我们下楼以后 小西同学说 刚才路过的饭店里面 有一对男生 盯着我们俩看 我说 我怎么不知道 来 咱们俩再走回去 给他们看看 结果被很纠结的小西同学拒绝了

晚上 本来想买大闸蟹 回去和大家吃 结果回去太晚 没买到 然后 就在水果摊 买了柚子

本来想打扑克来着 后来一想 雅思本来就没看 结果考试前一天还要打扑克 也太嚣张了 然后就准备洗洗睡

小西和李安住一个房间 就是在地上铺两个床垫子 当时觉得他们真的很艰苦 想想在国外 还住 master room（带独立卫生间的主卧）的自己 很惭愧

P.S.后来回墨尔本 我和那那说 要和他一起找房子 住一间 那那问 你回国受什么刺激了……

后来 睡觉之前 庆庆就来了 四个男生一起 在房间里闹 我怀疑庆庆真的爱我 他拿了一个枕头过来 然后 小西和李安同学 就说那个枕头不干净 庆庆闻了闻 就去拿了个新的枕头套 我闻了闻 其实就是枕头的味道啊 再说我就睡一晚 于是我死活不让庆庆换那个新的

就在争执的时候 庆庆 突然发出了一个惊人的声音 很难形容 总之 一瞬间 我就被震慑住了 乖乖地交出枕头

总之 大家一起吃柚子 分别洗澡 睡前一起在房间里闹 很好 想起大学生活

谢谢你们的照顾

[2008/11/25 大杯take away（外带） 拿铁]

今天 早上五点时 被闹钟叫起来 开车送 Toto和小野去机场 迷迷糊糊转弯时 没有开转向灯 被后面的车 按喇叭了

然后 这个山上 就名副其实地 只剩下 我自己了

小野走之前 特意去超市 给我买了吃的 因为我们一起住的时候 一般都是小野同学做饭吃 我很懒 下班以后就是不爱做菜 最近更懒 连盘子都要他洗

后来 买东西的时候 他问 要不要买大米 我说不用 嗯 我准备 自己住的这三个月 就吃生的 比如 水果 西红柿 沙拉 牛奶

今天 晚上喝了一瓶酸奶 吃了一个西红柿 一个苹果 因为小野走的时候 把液晶电视搬到我房间 我现在都用 液晶电视当显示器上网 当聊天工具 变得这么大的时候 就会觉得 MSN 和 QQ 也很无聊 于是就关了

等下 洗洗去床上 看杂志好了

Zell小帅从悉尼过来玩 当天就给我打电话 可是 我这几天天天 double shift（双班制） 今天闲下来 给他电话 结果 他已经 在回悉尼的 bus上了 没见到 觉得很可惜

自己就会很寂寞 和 欧文讲话 欧文说 他刚考试结束 回到家 感觉空空的

欧文和我说 咱们俩私奔吧 我问 去哪里

他说 去月球 我说 冷 他说 多带点衣服就行

刚才做了 蔡康永 博客上的一个测试

说是：

“作家，明星，医生，律师，都卡住。

医生，律师卡住三至五分钟，纷纷脱身。

作家，明星一直卡住，直到揭晓答案。

所有大小生意人，都一分钟以后迅速脱身。

脱身最快的，是一位贸易老板和一位金融人士”

题是这样的：

三个人去投宿，一晚30元。三个人每人掏了10元，凑够30元，交给了老板。

后来老板说，今天优惠，只要25元就够了，拿出5元命令服务生退还给他们。

服务生偷偷藏起了2元，放进自己口袋。

然后，把剩下的3元钱，退还给了那三个人，那三个人每人分到1元。

这样，一开始每人掏了10元，现在又退回1元，也就是10-1=9，每人只花了9元。

三个人每人9元，3×9=27元 +服务生藏起的2元=29元，还有1元去了哪里？

结果 我一分钟以内脱身 然后 欧文看了 怎么也没弄明白我就 给他解释 结果他还不懂 我当时觉得 欧文只能当明星了

[2008/11/27 姨妈家常菜]

天热啊

迷迷糊糊地起床

迷迷糊糊地把床从窗边 挪到门边 （把墙 弄掉一条皮）迷迷糊糊地 洗了所有床单 还烘干

迷迷糊糊地 坐火车 去了city 迷迷糊糊地逛

迷迷糊糊地 买了碧欧泉 在小姐怂恿下 又买了一瓶 然后 得了一包 乱七八糟的小东西 （碧欧泉 男士竟然出了美白……)

迷迷糊糊地 去精品店 试了阿玛尼小短裤 最小号穿起来

还是掉

然后 迷迷糊糊地 去车站 吃了冰巧克力摩卡和草莓华夫 后来 下了大雨 凉快了 我也清醒了 在回来的火车上 思路清晰地 为新书 来了个 brain storm（头脑风暴） 一口气写了 二十多条

回家以后 生龙活虎地去 gym健身 （办了一张健身卡 每个月都要从 卡里交钱 可是 没怎么去 最近不是小野走了吗 我空闲了下来 准备天天去 结果今天 健身结束以后 小壮男 告诉我 这个 gym 倒闭了 今天是最后一天营业……我在觉得不爽的同时 竟然也有点爽 终于能把合同毁掉了 哈哈)

回家以后 洗澡的时候 发现 那一大包碧欧泉没了 可能是落在 更衣室 或者 咖啡厅了（今天 去city的 唯一意义就是 扔了$150）

这样 迷迷糊糊又效率极低的人 能混成今天这样 真的 全是靠运气打拼的

上面的人 我谢谢您 感恩节 快乐

有的时候 我也搞不懂我自己 今天从火车上下来 往停车场 走的时候 突然地就跑起来（跑得很难看）

边跑边笑 边大声唱 突然好想你 你会在哪里 过得 快乐或委屈…… 整个人 high（兴奋）了起来

墨尔本和北京时间的时差是两小时 因为现在 用的是夏令时 变成了 三小时

[2008/12/1 《陪 I 》的时候 感觉是你所有的真感受都在里头]

小野走后 我就看美剧 不上网

我看 *Sex and the City* 太多次 多到 我看出一个 bug（漏洞）

作家女和那个政界男 好的时候 姐妹们参加一个party（p派对）

PR女和一个 老女人讲话 那个女的走开了

结果 那个女的 后来又演律师女的保姆……

想明白一个问题 在两个地方 都赚足够的钱 才不会受汇率的负面影响

[2008/12/2 *Summer Storm*（《夏日风暴》）]

今天 是一个月以来 最开心的 一天

丢了的东西 一个个地 找到了

原来凭空不见的那$500 是被我放在 另外 一个账户里了

碧欧泉礼包 忘记在阿玛尼试衣间 后来 收银台小姐帮我留着

红色Puma（彪马）连帽外套 staff party（员工聚会）时忘记在 bar（酒吧）里 Cindy 帮我收着了

我把你弄丢了 可是一直没想明白原因 于是 这段都过得浑浑噩噩的

今天 想明白了 原来 真的因为我不够好 把你弄丢了

嗯 丢东西 很可怕 可是 丢东西 不知道怎么丢的 更让人郁闷

可是 现在好了 该回来的 都回来了 不能回来的 也知道丢在了哪里

要 改掉 坏毛病

少丢 东西 特别是 重要的人

我们 合影 用照片纪念

我们 写日记 用文字纪念

我们 拥抱 用温度和力度纪念

我们 把头埋在对方 头发或者胸膛里 用味道和声音纪念

我们 将和那个人一起的 某一段画面 和时光 在脑子里 不断温习 用回忆纪念

后来 后来 就像很多人说的 时间 让我们淡忘了 那个人

可是 总会有那么一刹那 所谓的 纪念 好像灭了火星的炮 一下子爆炸

然后 那个人 就被我们 这样清清楚楚地 想起来了

嗯 忽然 想起你的感觉 也许并不好受

可是 我仍珍惜 和你一起的时候 每一次 能制造 纪念的机会

[2008/12/10 裤腰 到底要提到哪里 是困扰我很久了的问题]

《最小说》写作期间的 变化

[一]

没什么变化 真的没什么变化

两年前的生活 就是 上课 轻度近视 在本子上写东西 出去玩 想要自己幸福的同时 对别人无害 不知道自己要干什么 可以干什么 寻找百分百恋人

两年后的现在 是 上课 工作 左眼远视 在本子上写东西 本子上的东西 到了杂志或者书上 仍然到处走 继续追求幸福 希望对别人无害 也还是迷惑 自己将来要干什么 和谁一起 继续以 百分百的热情 寻找百分百恋人

为什么 不由自主地写作呢

不怕被你笑话 很多时候我都想哭 不知道为什么

可是 真正意义上的 哭 “因为痛苦悲哀或者感情激动而流泪，有时还发出声音” 却从上初中以后就 再也没有过

就算觉得再难过 也哭不出来 只好借助打呵欠 或者 鼻腔用力的小技巧 适时地流出几滴泪水 应景

在小狗家看 *Short bus* 两个人都光着膀子 蹲在椅子上 当演到 小狗喜欢的那个男生 录制给他男朋友的 video（视频）的时候 我掉下大滴泪水

摘下远视眼镜 擦眼睛 小狗说 你哭得真夸张啊 我盯着显

示屏说 我没有真哭

太阳星座白羊 月亮星座狮子 上升星座白羊…… 星盘里布满火相星座 也觉得自己是充满元气的人

可是 失落的真实感没有因此而减少 人二雄先生说 世界上只有两种人 寂寞的人 和不知道什么是寂寞的人

[二]

我很喜欢写东西 想起了 江美琪 她的前几张专辑卖得很一般 唱片公司说 如果持续这样下去的话 就不给她发片了 Channel[V]（星空音乐台） 台采访她的时候 这个并不漂亮的女生 平静地说 我很喜欢唱歌 她没看镜头 可是能感觉到她的坚定

后来她 一直不温不火 可是有几首歌被 广为流传

无论走到哪里 就算不带钱包 也要带上灰色呢子质地的软皮本子 一直觉得钱包是消耗品 而我的本子 好像一个储蓄所 只要安静下来 就能把思绪和感动 存进去 这个本子 就是我这两年 写作的源泉

有的时候 灵感到位了 变得思如泉涌 在本子上飞快地 一下子能写好几十页 隔几日 往电脑里整理的时候 会发现一些

自己写出来的 可是当时并没有注意到或感受到的情节和心理活动

我觉得 写东西 让我更好地 看清我自己

在《最小说》上 不写小说 从开始的亲爱的不二 到名词控 都是一些很清淡的东西 一篇几百字一些生活片断 和微不足道的思绪 写起来的话 谈不上得心应手 也算是没有抓耳挠腮 有的时候会想 这些文字 被登在每个月销量 五十万册的杂志上 就会觉得心虚

在很多地方看到这本杂志 家里妈妈整理的赠刊 卖书的网站上 书报亭 情调很好的书店 便利店 图书批发市场 几乎每次走过的时候 都会拿起来看看 然后 我在给一本 杂志写东西 这种没有多真实的感受 便变得真实起来了

然后就 开始准备出书 把之前在《最小说》上的文字 和日记里的文字 放到一起 串联起来 一个字一个字地 读过去 删除很多字 好像修复古建筑的工程师 小心翼翼地复原着最初的心情 和语气 总是觉得不够好 于是停下来 在 痕痕和Echo的鼓励 和小四的鞭策下 终于完成了 拿到样书的时候我在日本 小茧风尘仆仆地从北京赶过来 还没放下所有行李 便抽出这本书 开心地说 跑了几个书店 终于让我买到了 在飞机上 看得我直

乐 我很喜欢这个封面

后来 小茧去洗澡的时候 我就躺在旧旧的日式旅馆 狭小的榻榻米上 翻着我的书 一页一页地翻过去 什么也没往脑袋里进 可是仍然 一页一页地翻过去 后来 我握着它 睡了一个很舒服 很长又 无梦的觉

[三]

最开始 去《岛》的工作室 那时候还在上海马戏团 附近一个公寓里 大厅里有四五台电脑 就成了他们的工作室 然后朋友们有各自的房间 盥洗室里摆满各种 保养护肤品的瓶瓶罐罐 大大小小琳琅满目 我提着旅行袋进去 阿亮穿着公主裙 华丽地来开门 小四研究了下我的包 问 是LV（路易威登）的吗 他问我 饿不 我说 饿 然后大家叫了外卖围成一圈 在茶几上吃着 晚上 围在一起看电影 快睡觉的时候 我躺在床上 小四在赶一本书的稿子 H拿着几个打印出来的封面 过来问 哪一个好看

后来 我去了墨尔本 再回国 公司已经搬到了写字楼的高层 阿亮和痕痕的着装 脱离了少女路线 清新的 OL（职场女性）风格 墙上有几张 《最小说》封面的海报 办公室里的人我几乎都认识 因为没事做 就和司机一起 统计投票 中午 大家一起出动 吃KFC（肯德基）

又过了一年多 这次回国 去工作室 提着一个包进去 发现多出了 好多写字台 甚至分出了一个 “岛” 多出来很多人 有将近一半的人都不认识 刚刚戴了牙套的痕痕问我 饿不饿 我说饿 于是叫了吉祥外卖 小西同学很有礼貌地过来聊天 说最近很忙大家都在赶东西 后来我在工作室待了一个下午 那面贴着海报的墙 现在已经是满满一面了 小四来之前 助理小叶把他的桌子收拾干净 把药放到小盒子里 瓶子里装上橘红色 抗氧化的水 当时的内心独白 是 这是在演电视吗……后来小四来了 活蹦乱跳地 自信满满地说这个稿子交给我吧 那个今天完成吧 然后开始噼里啪啦地打字 其间 像卫星一样 游荡在工作室的每一个角落 下午 他有一个电话采访 回答的时候 我觉得他成熟多了 晚上 小四 痕痕 阿亮我们四个去吃日本菜的时候 柯艾众 仍在忙碌着

后来和小四在网上 聊天 讲买房的事 小四说 他准备在 恒隆附近买个房子 以后把柯艾工作室搬到恒隆那边的 写字间里生活 工作 买东西都很方便 当时就觉得 除非他以后改了主意否则一定能办到 这本杂志也会越办越好

[四]

《陪安东尼度过漫长岁月》的成功 是我们大家都没有料到的 读者的反馈 豆瓣网将近一个月的排名第一 不错的销量

这些都加强了我写作的信心

寂寞与写作是并行的吗 还是只是 平行 互相审视的关系呢

总之 会一直写下去 一定会 一直写下去

[2008/12/20 韩风炭火 烧烤]

亲爱的不二 人的一生会坐过 很多椅子 电影院 图书馆 理发厅 飞机上 候车室 朋友家 家具城 公园 饭店 KTV 酒馆 厕所……但是我们不会睡 几张床

椅子很热情 通常两边有扶手 那姿势好像张开怀抱 等待另一个身体 椅子又很体贴 有的可以调节高低 有的插电以后可以做 按摩 冬天冷了 有自动加温的皮质沙发 夏天热了 有镂空的亚麻椅子 为了方便搬运 他们很轻 沉的话 甚至加上轱辘 可是 不二 即使这样 对大部分人来说 椅子 也只是坐一坐而已 我一直觉得 椅子很寂寞

人的一生 不会睡几张床 不会随意地睡别人的床 也只会把自己喜欢的人 带到自己的床上 之前 有部电影 三更半夜 似

乎还下着雨 郑秀文在车来车往的大街上 拖着男朋友的床 因为她睡那个床垫睡得习惯了

床很呆板 也很难华丽 静静地在那里 似乎 对你不主动 也不拒绝

每一张 我拥有过的床 我都记得

很小的时候 家里住四号楼 那时候我上小学 那张床是木头的 比双人床还宽 四周有木柱 支撑上面的柜子 柜门上有 似乎用烙铁烤出来的山水画 那个床头有一个 蝴蝶形状的 茶色玻璃灯 它的开关是一根线 拉一下 亮一盏 再拉 亮两盏 再拉 就灭了 妈妈抱着我 在那张床上 照过一张照片 不知道 为什么 她不喜欢

后来 为了等新房 我们临时租了一个公寓 住了半年多 那张床是上一个房东留下来的 床板是白色的 很劣质的木头 又不平 床的右下角有塌陷 没有床头板 因为床和墙贴合得不好的原因 我的walkman（随身听） 和杂志经常掉下去

再后来 我们 搬入新家 因为我高中 大学住校 一直住上铺 住得习惯了 于是叫我爸给我买了双层床 那张床是橡木的 很沉 我睡上铺 下铺空着 上下铺之间有很圆润的梯子 床头上 被我贴着 创可贴形状的史努比贴纸 上面写着 “我很可爱 又很温柔” 有的时候 我姐来我家住 通常她先躺下 然后我爬上上铺 右手抓住床头 使劲伸手的话 刚好可以关灯 关灯以后 我们

谁也看不到谁 就那样讲话 直到没有声音 说不清谁先睡着

千禧年的时候 我家里没人 旭来我家玩 我们俩都想睡上铺 于是用垫子在屋里打了起来 后来半夜 我都睡了一觉以后看着他 一脸坏笑地爬了上来

随着年龄的增长 我对床的要求越来越低 之前 只有在自己的床上才能睡好的我 现在 在临时住的酒店也能睡得踏实

人们 坐在椅子上的时候 大多穿得很整齐利索 举止文雅聪明伶俐 八面玲珑 人们 躺在床上的时候 就很放松 我们在被窝里放屁 抓屁股 我们蜷着身子 披头散发 有的流着口水 有的打着呼噜 有的甚至没有喝多 却说出 真心话

如果 可能的话 我希望 做床 而不是椅子 也许 当椅子会很甜蜜 又有很多次美好邂逅 可是 我更希望 有人挂念着我 当那个人 累的时候 最想回到我这里 然后 放下所有防备 心满意足地 睡着了

[2008/12/24 又是 一个人的圣诞节]

我是很不喜欢圣诞 世界上 最不喜欢圣诞的 除了火鸡 一定 还有我

希望迷路的时候 前方有车 可以让我跟随 冷的时候 有带电热毯的被窝

拉肚子的时候 就离家不远（且有 冲得干净 坐得舒服 的坐便器）

寂寞的时候 知道你在爱我

困的时候 有大把时间可以睡觉

不知道说什么的时候 你会温柔看着我 笑我 词汇匮乏

不可爱的时候 会适可而止 ……

嗯 到底在想些什么呢

工作的时候 我和老板娘聊天 聊到我住的地方太热了 又没空调 我晚上几乎没法睡的时候 老板娘忽然说 那你搬到官邸住好了 反正现在就我自己偶尔住这里 你来了以后 我回家也算有个人照看这里 她说 我们这里吃的 喝的都有 你也不用给钱 看到坏了的灯泡帮我换了就行

于是这样 24日晚上 变身鹿男 明天搬家到官邸 到二月底才会找房子

圣诞快乐 并 新年快乐 并 过年好

[2009/2/18 live in a mansion（住在官邸）]

住在官邸

[一]

有的时候 我觉得 自己活在别人的生活里 感觉上 好像不知不觉地 一点点地 脱离了 所谓的 自己的世界

[二]

一月末 去了悉尼 来澳洲 快三年 还是第一次去 悉尼

我之前 对悉尼的印象总是不好 觉得节奏很快 人没有墨尔本淳朴 公共交通工具服务差 消费又高

但这次的悉尼之旅玩得很开心 临回墨尔本的前一天 在师傅家 接到杰瑞的电话 他说 我上楼的时候 不小心撞到了脚指头 喷出来很多血 脚趾盖也歪了 如果明天好些了 我就去接你 我说 好 Get well soon（早日康复）

我和杰瑞 之前只是在网上断断续续地聊天 他上海人 长得有点像五月天的阿信 话不多 狮子座 他曾经 邀请我来悉尼玩 他说 我家离机场很近 我可以开车去接你 三分钟就到了 我知道一个很 秘密的地方 看悉尼的夜景 很美 如果你来了 我可以带你去

下午五点的时候 我在师傅家厅里 看卫星转播的《星光大道》电话忽然响了起来 杰瑞说 我已经在门外了 出来吧 我和师傅说再见 师傅从屋子里跑出来 说是要看小帅哥 结果 杰瑞没有下车 师傅只是笑着和我点头说 车不错 车不错

杰瑞戴着大小适中的黑色墨镜 他问我 饿不饿 我说不怎么饿 他说 那好 那我们先去海边吧 途中我们很少讲话 杰瑞对我说 你和照片上一模一样 只是鼻子上 多了一个包 我说之前本来是一个很小的包 前天去 fish market（海鲜市场）吃了一大盘子龙虾 结果第二天就成了这个样子 沉默了一会儿 我问你的脚好点了吗 他说 只是不能跑 走路或者 开车什么的 都没有问题 我顺着他踩油门的地方看去 包扎的样子 好像是小脚指头上 长了一个春卷

他问 你住在 墨尔本哪里 也是和朋友 合租的房子吗

我说 不是 我住在官邸

[三]

十月的时候 我回国了一次 因为发生的一些事情 让我多少有些怀疑自己 心情很不好

看电影的时候 被装在塑料球里的金丝熊对闪电狗 说 遇见你以后的每一秒 都是我人生的 巅峰

我觉得 我人生巅峰的时刻 就是 每一次被你喜欢的时候 就好像 莫文蔚 歌词里唱的那样 过去我哪会有 明眸烁烁闪耀 全靠你说爱我 让我自觉紧要

十一月末的时候小野考试结束 准备回国住三个月 因为暑假开始 学生村很多的 学生都陆陆续续地搬了出去 整个一层 也只有两三个人 因为 学生村的人越来越少 管理员关闭了 一半以上的卫生间 浴室 和厨房 其中包括我使用的几个 于是 每次做饭的时候 我都要拿着我的厨具 跑到新楼做饭 这样过了几天 我就厌倦了 于是 去超市买了很多的水果和沙拉 装满了我的整个冰箱 实在饿了 就开车下山 吃麦当劳 或者 SubWay（赛百味）

[四]

官邸 建于1874年 是一座有意大利风格的英式建筑 是第一批移民到 澳大利亚的英国伯爵克拉克的住处 它占地一千一百平方米 时过境迁 现在它已经成为 被澳洲政府所保护的历史文物之一 主要用于 庆典 婚礼和会议 二楼有十多个复古套房 对外开放 每天的费用 大概是两千到三千人民币 我在这个地方当厨师 工作了已经一年多

我住在官邸的一个隔层里 这里 可以称作一个密室 来官

邸的陌生人 绝对不会找到这个房间 整个房间都是木头建造的 地上有 羊毛颜色的 长毛地毯 房间很简单 一个很大的king size（特大号）双人床 一张书桌 和一个 古董皮质沙发

洗手间 被一道木门隔开 抬头向上看的时候 是高高的 天井 白天 阳光和微风肆无忌惮地 从上面下来

浴室的门 是铝合金包裹的 打磨过的毛玻璃 分成三个长条 拉把手的时候 它们便一个一个 在各自轨道上分开 变成一扇门 冷水和 热水 分别由 墙上的两个水龙头控制 莲蓬头 又圆又大 水量如暴雨一般充足

官邸其实以前更大 大概占地三千三百平方米 不过现在其余的部分被 改造成了一个 私立天主教中学 我的窗户正对着 一个被教室包围着的 小型篮球场 因为是假期的关系 整个学校都显得很冷清

更远处是一个很大的牧场 因为天气炎热 草都变黄 零零散散的 有几头牛在上面 不时地发出 哞哞 的叫声

[五]

天色开始变得阴暗 车子的后面 有厚重乌黑色的云

杰瑞说 可能快要下雨了 他说 不知道 后面的云会不会赶

上来 然后他用手指指了一下说 你看 我们去的那个地方 看起来 还是晴天

他摘下了墨镜 说 这么暗还戴墨镜 就有点装了 我笑了笑 他转头来看我说 你在墨尔本 朋友多吗 我说 还好 可是有些毕业以后 选择回国了 有些来悉尼读研究生 所以剩下的不多 加上我 住得偏僻 大部分时候 都一个人在官邸

等 红灯的时候 杰瑞说 那挺没劲的啊 很寂寞吧

我点头 发现他 没在看我 于是点头说 嗯

他说 那你多交一些朋友啊 朋友多了就好了 不过 你话太少了 你这样很难交朋友 不过也有人喜欢安静的

他说 你也可以经常去旅行啊 澳大利亚有很多好玩的地方 我的一些朋友 回国以前就租一辆车 绕着澳洲开 road trip（公路旅行） 开到哪里就玩到哪里 我之前 去过一次墨尔本大洋路 那里很美 布里斯班也很漂亮 是田园风光 有一次 我们开到一个 田野 满地都是小黄花 然后我们躺到草地上 衣服被染了颜色 不过 很爽

这时候 又是红灯 他的手臂伸直 握在方向盘 10点钟和2

点钟的位置上

不知道 为什么 我突然 伸过脑袋 咬了他的胳膊

他有些惊讶 又装作镇定地看着我 笑说 这是你表达友好的方式吗 你该不会是澳洲土著吧

我有点尴尬 看着他 不知道要说什么

[六]

第一天搬到官邸的晚上 多少有些害怕 有一点点 声音我便竖起耳朵仔细听 深夜一点的时候 外面忽然有喷水的声音 我以为是下雨 走下床 往窗外看 原来是花坛里的自动喷水

窗户外面芙蓉树上的树熊 晚上会发出人类睡觉时一样的打呼噜的声音 早上 天棚上 发出 哗啦哗啦的 声响 是白色金刚鹦鹉在上面打架的声音

有的时候 老板不在 我一个人住 半夜被热醒 于是穿上短裤 光着身子 在官邸里走 把所有灯都打开 一个人坐在早茶室打开空调 凌晨的三点一刻 坐在早茶室的藤椅上 只是坐着而已 手里握着手机 按出了你的号码 这时候 你那里刚刚过午夜 你应该还没睡 只是我想了一想 把手机翻了过去 放到桌子上 蓝色的喇叭向上 用八角杯喝瑞宾娜 觉得应该想一些事 可是所有的事都不往脑子里来 于是 坐了一会儿又回去睡觉

因为没有网络 我的生活 就成了 看电影 看书 打网球 和工作 晚上屋子里闷热的时候 会走到学校 翻过两米多高 贴着未经允许不得入内 告示的学校游泳池栅栏 游泳池比我想象的要深 在里面踩不到底 月光映在水面上 顺着涟漪 投射出一道道光亮波纹 有的时候 我平躺在游泳池里 伸展四肢 把脑袋往水里仰 看天

星星很低 多而明亮 我找到 小野教我认识的猎户星座 看到它由三颗闪亮星星组成的腰带 空气里有鸟 和不知道名字的动物的叫声 这时候 我心里没有一丝害怕

有一天晚上 官邸来了十几个欧洲人 我一个人在厨房里工作 晚上十点多左右 他们走了以后 我在厨房洗碗 老板走进来说 别洗了 到外边来坐一坐

长满常春藤的院子里 老板在喝红酒 我开了一瓶啤酒 倒在杯子里喝 我们有一句 没一句地聊天 老板说 客人们都吃得很满意 我喝第二瓶的时候 就有一些醉了 直接对着瓶子喝 老板笑着说 你这样 更像澳洲人了 哈哈

我和老板说 我已经找到新的房子了 等二月底 我朋友从国内回来以后 我就搬出去 是一个三室一厅的 刚建好的新townhouse（联排别墅）

老板说 你走了以后 我一定会想你的 这房子太大了 你知道 我一个人住

后来 我和老板都喝高了 老板就开始 honey honey（亲爱的）地叫 她说 还记得 你第一次来这里吗 骑一辆自行车 英语又不怎么好 当时我说 我们不缺人 后来 过了几周 你又来 我就想 我一定要给这个男孩一份工作

我就在那里笑 我说 对呀 对呀 那时候 我刚来 Sunbury（山伯利） 骑着自行车 到处找工作 能找到这份工作 真的是很幸运

老板说了些什么 有几个单词我没听懂 但是 听到她说 That's all mean to be （这些 都是命中注定的）

后来 到半夜 满桌子都是酒杯 我和老板 似乎反反复复地对彼此 喊着 night night（晚安） 摇摇晃晃地 回到各自房间

[七]

大概一个半小时以后 我们到达了目的地 是半山腰 杰瑞说 这里是悉尼的最东边 你看 下边就是太平洋

山的那一边是 波涛汹涌的 礁石海岸线 海水是蔚蓝的 打在礁石上以后 形成巨大的白色泡沫 杰瑞 扶着海边的 扶栏 踩在上面 小孩子一样地 探出身子 大声喊 他说 每次来这里心情都很好

山的那一边 风平浪静 是悉尼的全景 能看到整个Darling Harbor（情人港） 上面有成群结队的帆船迎风启航 杰瑞说 今天是阴天 否则的话 这个时候 刚好落日 整个海面都是金色

的 天也是金色的 很好看 好看得刺眼

后来 我们来到山脚 在海边的沙滩坐下 他拿出烟 问我抽不抽 我摇头 他熟练地点上一支 看着远处 他说 其实这里也不错 如果有 喜欢的人在身边的话 也蛮好的

我赞同地 点头

他 看看我 笑了一下 说 你挺奇怪的 不过很高兴认识你

我也是 我说 有机会 来墨尔本玩 那时候 我有了自己的房子 你可以住我家

好呀 好呀 他说

[八]

这就是 2008年底 到 2009年初的夏天 我住在官邸

有的时候 看到心底的寂寥 也有 内心真实沉着的时刻

坐在官邸的阳台上 看着云朵 在天空 随着风 快速流动 我开始想明白一些事

原来 情感和思念 不会随着物理空间和时光更换而损坏 它们只是慢慢败落

[2009/2/19 有独一无二 专属的特别]

明亮的早茶室 有坚硬的实木地板 走在上面有令人尴尬的咯吱声

阳光通过教堂门前的广场 涌了进来 角落里的 SONY CD player （索尼唱片播放器）没有放

偶尔 会趴在浆洗过的白色桌布上想你 空气里渐渐填满回忆的味道 手指在手机屏幕上 不知不觉地 调出了你的号码

点了 call（呼叫） 又 点了 cancel（取消）

亲爱的 总有一些时候 是 恬静的 恬静的

盥洗室的地 由老旧的不同颜色小瓷砖拼凑而成 讨喜的样子 抽水马桶坏掉 要冲第二次 得等待半天的时间 买了蓝色的 Duck牌洗涤剂 挂在马桶上面 每次冲洗时 会出现 丰盈的泡沫 早上起来上厕所 午睡起来上厕所 凌晨三点左右 迷迷糊糊地起来喝水 上厕所的时候 转过头 看镜子里 睡眼惺忪 疲倦的自己

亲爱的 总有一些时候 是 寂寞的 寂寞的

宜家落地 组装台灯 被我带到了 一个家 又一个家 每次搬家时 都会把灯泡 卸下来 坐着搬家公司的卡车 手里握着灯泡去下一个 栖息地 新房间里 有一张单人扶手样式的古董沙发纯皮包裹的圆润木头 没有想象中舒服 椅面很长 适合蹲在上

面 打字 看电影 喝东西 经常 光着身子 蜷在上面 于是 好像长在椅子上一样 每次鼓起勇气去上厕所 或者 出去吃饭的时候就会有 分开时 沙 一下的声音 和 微小的钝痛感

亲爱的 总有一些时候 是 透明的 透明的

有的时候 我在房间里躺着 不知道自己是醒着还是睡着 墙上的雄性鹿头和我有 奇妙的距离感 墨绿色的厚重英式窗纱即使是白天 拉上去也会觉得像黑夜一样 并着屋子里摆放的旧古董家具 总让我觉得 说不定哪天 我起来以后 就会变成 一个带着伦敦口音 满脸皱纹 胡子花白的英国老头

亲爱的 总有一些时候 是 说不清的 说不清的

官邸里 只剩下我一个人的午后 在二楼的天井旁看料理杂志

不知道名字的 娇弱花簇在装满水的玻璃花瓶里 仍然枯萎

合上杂志以后 脑子里会冒出很多问题 为什么是我 为什么 我会在这里 为什么 我不在我的生活里

我做了一个 接着一个的 自以为对的决定

可是 最近我经常觉得懊恼 我住的地方太大了 我总是一个人 吃饭 睡觉 自言自语

亲爱的 最近 总有些时候 我在想 我所害怕的是 即使我拼

尽全力 用最快的速度一直跑 一直跑 也到不了你那里

[2009/2/20 其实 我一直相信 等你出现的时候 我就知道是你]

因为新的学期即将开始 朋友都从国内陆陆续续地回来 我也 一点点地恢复了元气

可能压抑得太久 昨天 一天就给那那 打了六个电话 小野周末回来 我们俩要开始 崭新的“同居”生活

和大龙一起吃饭 之后在墨大校园里走

欧文要从阿德莱德过来 我们看 Coldplay（酷玩乐队）演唱会

萌萌考试顺利通过 两个人讲电话到半夜 手机没电 萌萌在那边 讲述过年时的耍彪经历 还用日语说 保养品里 资生堂最好 我说 我开始用兰蔻高端产品 吃葡萄籽颗粒 她问 你现在用高端 老了咋办 我说 老了就打肉毒杆菌 玻尿酸

Zell回墨尔本读研究生

官邸最近好多booking（预定） 会是繁忙的一年

在街上和 Echo偶遇 不知道是墨尔本太小 还是我们俩真的是缘分羁绊 这样也能遇到 在那一个绿灯 一个人行横道的长度 我一下子体会到了 心中涌现出的 大概十多种的 不一样的感受

我开始和floor manager（现场指导） 新狄一起健身 她当我的 personal trainer（私人教练） 我说 每长五公斤 就给她一百块 她笑

墨尔本大火 其中几个地方 离我这里蛮近 谢谢其间朋友们的关心 和挂念 真的很可怕 死了好多人 这边的人都在捐钱 我捐了两箱子衣服

二〇〇九年会是很好的一年 搬到了新家 完成专业课的理论部分 如果顺利的话 下半年开始实习 七月末应该会去日本

希望 爸爸妈妈身体健康 朋友们 再接再厉

嗯 这样

P.S.日剧 美剧 港台剧 电影 连续剧 加到一起 *Friends*（《老友记》）最大 我想去机场工作 每天都能 看飞机

[2009/2/25 阳台上 参差不齐的小板凳]

昨天晚上 你我他 我们三个 一起聊天

断断续续听着你的声音

大概十年都要过去了 十五岁时遇到你 现在我都要过二十五岁生日了

这么久 这么久 以后

亲爱的 我发现 我还是吃你这套

还真是愚笨 嘿

[2009/3/8 他来 看我的演唱会]

开学两周 新家很舒适

看了 Coldplay演唱会 本来打算 *Yellow*（《青涩》）或者 *The Scientist*（《科学家》）或者 *Fix You*（《牢记你》）唱一首我就圆满

没想到都唱了 当时的心情就是 割耳朵也不知道疼了

当全场的黄色灯光亮起 前奏开始的时候 身体控制不住地颤抖 需要调节呼吸 和 用力击掌才不会 被旁边人发觉

在我喜欢的 band（乐队）身边 和一群喜欢他们的人 一起唱他们的歌 觉得很幸福

P.S. 我很喜欢 Will

师傅 那那 欧文 我 我们四个去悉尼旅行

租了车 去了庙里和 海边

在朋友身边真好 不用想那么多 也没有什么好说 反正就是开心

P.S. 四个人里面我和欧文能驾车 所以理所应当地 由他来开车 后来我们开车去卧龙岗寺院的时候 四个人都很累了 欧文开着开着说头痛恶心 这时候剩下我们三个 都已经昏昏欲睡了 我打起精神看了下 说那我来开好了 欧文问 你确定吗 我说没事 反正我也睡了一觉了 再说高速公路而已 就往前开呗

然后欧文把车停在了路边 我们交换了位子 结果自从我坐上驾驶员位子 大家都不困了

[2009/3/15 大人爱科学]

我很喜欢蔡琴的声音 最喜欢的一首歌是 《给电影人的情书》

最多的时候 一天会听个几百次

大龙说 我这个年纪 喜欢蔡琴很奇怪 我也觉得很奇怪 我妈妈那个年纪的人 应该比较喜欢她才对

蔡琴 四月 我生日那天 来墨尔本开演唱会 我在想 我要不要去 跨向二十五岁的生日 和 蔡琴小姐一起过

crown （皇冠）那个 场子很小 如果她只唱 七八十年代的老歌 我一定会站起来 和她喊 让她唱《给电影人的情书》

她这么爱唱歌的人 一定会唱

你苦苦地追求永恒 / 生活却颠簸无常遗憾 / 你傻傻地追求完美 / 却一直给误会给伤害给放弃给责备

今天吃饭以后 我们一家三个人 搬着椅子 去院子里看星星 小野给Jing小朋友讲 猎户星座怎么看

我平躺在那里 看星星一闪一闪

昨天暴风雨 我的房间漏水 新买的床垫子湿透了 羊毛被子湿透了 花了几千块买的床单也透了

赶快给房东电话 结果房东顶着雨 上去给我修 我本来很不爽 结果也不好意思和他理论 后来房东问我 是否需要他赔我床垫子 我的床垫子刚买的三千多 没睡几天就湿透了 心里不是滋味 可是被他那么一问 我又不好意思 就说 我晒晒看吧……

白羊座 就是 给人感觉似乎不吃亏 自我中心那种 其实关键时刻 宁愿自己吃亏 也让别人开心 追求peace（和平）的 高尚星座

[2009/3/22 See you soon（回头见）]

打上去 然后 删除 打上去 然后删除 打上去 然后 又删除

不清楚 自己在想什么 不知道什么该说

想 和你一起 真的

[2009/4/10 快生日了]

其实 我有一些懊恼 那天你问我的 简单英文单词 我没有拼上来 五个月都过去了 大雨也下了好几场 在这样的早上 我又开始耿耿于怀

昨天 在city睡 早上起来去 Flinders（弗林德斯） 对面胡同吃早饭 要了三个蛋的 澳姆雷特 抬头时 看到 写菜单黑板上的 饭店名字 Quarter（四分之一） 快要过二十五岁生日的我当时觉得 很应景

没有不开心 来澳洲这三年 今年算是 玩得最开心的一年了

可是 会感觉 这样急急忙忙 被人拥簇着 或者 自己情愿不情愿地往前走着的时候 有些什么东西丢掉了

我不抽烟 有的时候 蹲在 院子里点一支 想想 什么东西丢了呢 也没有头绪

等我 想到了 就来告诉你们

[2009/4/14 just not my cup of tea（只是不是我的菜）]

昨天和小野同学兴起 跑到附近操场打篮球 我上去抢球的时候 小野一个转身过人 撞到我下巴 然后 我一吐一口血

他很紧张地 上来问我要不要紧 我摇手说没事 只见他 一脸愧疚 我含含糊糊地说 都怪你 长得太矮了……小野同学 怒了 看样子 想再撞我下

晚上回家吃饭 觉得 嘴里别扭 用手指进去抠 结果 抠出了一颗牙……

其实 是之前有颗蛀牙 出国前在国内做了填充 不过 因为可能 三年的保质期过了 加上 今天这么一撞 就掉了 然后 整个蚀牙成了一个盆地 加上 左边一个 之前 变成渣的填充 再加上 底下一个窟窿 现在讲话 满嘴都是风 口气异常清新……

因为我现在 不用学生签证 所以 没买医疗保险 （因为double charge（双倍收费））就打电话 给我妈 父母大人 拨给我 ×××元治牙 因为我们都听说 国外治牙很贵 爹地说 牙齿的事 不能含糊

今天早上 越想越不是 滋味 想说 干脆去补办一个学生签证好了

去city的时候 路过医疗保险公司 Medibank 就进去 想问

问说 如果有了保险 会cover（给……保险）多少

我一坐下去 那女生 就要我的护照 她输入了一些信息进电脑 然后说 你健康卡过期了 要补办吗

我心里 内心独白 是 what（什么） 难道你没看到我学生签证都过期了吗 然后 抓住这个机会说 我要补办 补办一年 结果 我按照 学生的rate（等级）交了钱 才五百多澳币一年

然后 我说 这个cover牙齿吗 她笑容可掬 说不 不过可以额外加一个牙齿的保险 每个月二十元 有了这个保险 洗牙 检查牙 补牙都是免费的

我当时就 high了 我说 我今天买保险 明天去看牙 这样也可以吗

她说 行啊 你今天去也行

后来 我开开心心地 拿着我的 医疗保险 走了出来

临走前 我给她 鞠了一个 90度的躬

一来 我是 真心感谢她

二来 如果他们将来发现自己弄错了 让我占了便宜 我希望她们以为我是日本人……

（这个不是 什么好的 榜样 大家不要向我学习）

[2009/4/15 走的时候 记得说 爱我]

想看《夏目友人帐》……

“守护着我的人儿啊 我把名字还给 你们吧”

看到 这句就想 既然 我对你 已经成了 可有可无的人了 为什么 不把名字还给我呢

早上起来 躺在床上 想了半个小时 决定打电话 把今天看牙的预约 移到明天…… 好吧 我就是很没种 怎样…… 摊手

等一下去修车 VW Passat（帕萨特）2.8 V6就是个 喝油的机器 每个月 油钱比我牛奶钱都多……没办法 谁叫人家跑得比咱快 要做年度检测 又要换刹车片…… 等老子回国 天天打车

去你的 超速罚单

去你的 养路费

去你的 停车入位

去你的 壳牌V-Power（燃油系列）

[2009/4/19 他说 他要买个缝纫机做衣服]

填牙时 小帅哥医生说 填牙是小事 关键 你要拔掉两颗智齿

原来 我有四颗智齿……（也 没见有多聪明 长那么多 多余牙齿 有本事 给我长肉啊）

上面的两颗牙齿是横着长的 影响了正常的牙齿发育 而且 因为 非常靠内 属于郊区 很难像 市中心的牙齿那样保持清洁 加上底下 没有与它 对应的咬合牙齿 更是 长得无法无天

小帅哥说 要拔 我想也没想 就说 好啊

结果 一个小时内 洗了 AB区的牙齿 填了一个大洞 又拔了 两颗智齿…… 小帅哥 对我说 好样的

因为 我 这一次预约 做了 别人要分三次做的事

整个过程 没有很疼 小帅哥牙医 很温柔 电钻的声响没有很大 而且 又有小护士 在一旁拿着管子吸我的口水和血 所以不用一直吐一直吐 也没有很尴尬

本来 我一直都是很开心地 在接受治疗 可是 最后 当我起身 看到台面上 两颗 长长的 有点发黄的光滑智齿的时候 忽

然 觉得惆怅了 嗯 突然 觉得 好失落……

牙医问我怎么了 为什么 看起来 没了精神 我说 没事没事

最后 护士把我的智齿包起来 拿走了

那时候 我嘴里咬着两块堵血的棉花 所以 不能说话 其实我想说 我要留住 我的那两颗智齿

我想 回家把它洗干净 打磨得很白以后 送给你 至于 为什么 会有这个举动 我也说不清 嗯 我就是 经常做一些 自己也很难解释的事 可是 我会说 这是陪伴我很久很久的 牙齿哦 在我 喜欢你的 那些日子里

我想 你一定会 觉得我奇怪 然后 骂我傻

然后 你会把它 收起来

其实 我也没有很在意 你是否 会把它保存好…… 不知道在说些什么

晚上回家 小野说 快点去 写点东西 看看 灵感还在不……我说 和拔牙有什么关系 灵感早没了 否则 长篇也不会拖这么久

为了犒劳自己的勇敢 买了 一瓶新香水

在 Myer 有法国气质的瘦女生 给我推荐了几款香水 我都不喜欢后 她忽然 眼睛一亮 说 I know which one suits u!（我知道哪一款适合你！）

Gucci Pour Homme II（古驰二代男士香水） 闻了一下当场买下 像我这种 用香水 不见光的人 这几天 白天也用了 可见 我对它的喜爱程度 怎么说呢 是一种 不霸道的 干净的 安静的 不张扬的 小学时 学校地摊上 五分钱一袋的 无花果干的味道

哇 拔了牙以后 可以写 这么多日志…… 思如泉涌 说不定是 解除了封印也不一定

长篇 指日可待啦

[2009/4/29 age defense hydrator（抗衰老露）]

真的开始变冷了 下午送小野上班的时候 小野说 空气里已经是 冬天的味道了 好想家啊

晚上回家的时候 在火车站 等V/Line 把下巴 塞到衣服里心里想 What the hell（什么情况啊）

最近 认识了很多人 生活没有什么改变

今天买了一套塔罗牌 欧洲的 总是觉得 牌面做得太正式 不好沟通 但是 占卜起来的客观性 应该不错 第一次 用了一张牌占卜

结果是 皇帝的正位 皇帝于我 应该不是 操控的意思 因为我就是占有欲强 控制欲弱的性格

我觉得是说 生命中有贵人出现 会变成自己想要的人 和晋升 总之就是不错

今天 收到政府退税 $900 和大龙 洗温泉时 买了万花筒 有的时候 在床上盯着看 旋转 旋转 一看看好久 有点恶心

K发消息来说 Keep warm honey（注意保暖亲爱的） 很容易的 因为字面上的内容 感动

看完了《有你我不怕》 看到一半的时候 激动得都要捶胸了 写得真的太好了

可是 看到后一半 就有点失望 不过 还是好书

我家女生 Jing说 我对女生的幻想 太不现实 以至于 我一直不擅长 维护男女关系 我觉得 有点道理

想趁着冬天 长肉（真的 只要是肉就行 肥肉也行） 所以一天到晚不停地吃 刚才小野过来 看到我 说 你又在吃

我就想说 如果 这么吃都不胖 我估计就是甲亢了

Jing同学那么瘦 也吵吵着减肥 经过她的描述 我总结 她是 胖哪先胖脸 减哪先减胸

[2009/5/11 用勺子吃火龙果]

和小德国 Dom 一起在线写论文 Dom开始抱怨台湾男友

My bf just messaged me.（我的男友给我发信息。）

He's being a bit impatience.（他有点不耐烦。）

我笑 说 这就是 作为男朋友的特权啊

Dom 想了想

haha queeny（女王范的）他接着说

不禁感叹 语言真的很奇妙

小德国后来又说 queeny but sweet （但是甜美的）

当时 我对Dom笑了笑

恋爱中的人 在哪里都一样

[2009/5/15 原来《新闻联播》是填空题啊]

萌萌 生日快乐 每次和你讲电话 我都很开心 再过个三四年 我们就 认识二十年啦

前几天 我开车去学校 车停在停车场以后 没关灯 我就和小野赶V/Line去了 结果晚上放学回来 一看 shit（糟糕） 车启动不了了…… 还好我有 RACV（澳洲道路救援公司）的 road service（道路服务） 一个电话过去 十分钟后 一个膀汉开了一辆黄色卡车来了 连了线 启动了下就好了 我说谢谢 他说 No worries mate（别担心伙计） 但是半小时内不要熄火

后来就开始下雨 我和小野 Jing 都很饿 回家以后 我们准备出门吃 鸡肉 这时候 来了两个女的 一个瘦高 一个矮胖 她们说 她们是代表国家能源局的 要来看看我们的账单 因为当时 已经黑天 又冷 又下雨的 我就给她们请到家里 她们看了我家的 电和煤气的单子以后说 你家签的这个公司是最贵的 然后 她们拿出了夹子 说要给我推荐一个公司 那个公司很便宜 当时我就机警地察觉 这两个人是 托儿 我就说嘛 国家能源局大晚上像落汤鸡一样来人家里 还有点脚臭 根本不像

然后 我就说 我不想换 觉得麻烦 这时候 我家小朋友们已经饿得不行了 我也饿 可是 这两个女人 咬着我不放 问我为什么不换 我就开始随便找借口 我说 反正我们是学生 用不了

多少电 结果那女的说 你家在你们小区算是 用电第一大户了窘 我就说 反正我就不想换 然后 那两个女的和我 磨磨唧唧的我会的这点英文单词 几乎都全上了 后来我差点失去理智 拍桌子 大喊 We don't care，we are very rich，just let us go.（我们不在乎，我们有的是钱，让我们走。）

最后 这两个女人终于放弃了 留下了她们的名片走了 走的时候 还留狠话 Enjoy your extraordinary extraordinary bill.（享受你非凡的账单吧。）

我当时心里的 独白是 We will！Put on your shoes，cover your extraordinary stink feet.（我们会的！穿上你的鞋子，遮住你臭熏熏的脚。）

基本上 每天早上都在赶时间 最近 买了一个 egg cooker（煮蛋器） 喜欢得不得了 天天吃水煮蛋 快要变成 eggholic（鸡蛋狂）了

昨天早上起来晚 煮上两个鸡蛋开始刷牙 后来 看到时间来不及了 还没蒸好 就把鸡蛋拿出来吃 第一个剥壳以后 放到嘴里 差点吐出来 里面根本没熟 然后 我就把第二个剥壳以后放到微波炉里 三十秒 拿出来以后 一摸是硬的 心想熟了

然后 我就握着那个蛋到卧室 准备一边装包一边吃 结果一咬 那鸡蛋像一个小型炸弹一样 bang的一声 爆炸开来 地上

脸上 头发上 桌子上 床上 到处是 鸡蛋黄 鸡蛋清

我的嘴唇烫伤 起了一个水泡…… 亲爱的朋友们 千万不要用微波炉热鸡蛋哦

然后 嘴唇就开始脱皮 加上我最近洗牙和filling（填满）以后 刷牙上瘾 用强转数的电动牙刷也要刷个四分钟左右 所以 牙龈整个也在脱皮 惨不忍睹

五月天 就要来了 欧文同学冒着期末考 和雅思的双重危险 来墨尔本和我会师

[2009/5/23 他给树挠痒痒 还和我说 你看 它动了]

与河童 林小炫同学 一见如故 产生深深的共鸣 尽管我不是学术派 可是也想和你一起 携手并进 成为淡水界的 A咖

另 如果找到了“热的 是心”的人 我一定 满脸笑容地吃一根苦瓜

大家一定要看看 林小炫同学 六月杂志上的《离骚》

这小家伙 就是 一个河童 是河童 学院派 就是不一样 能说出

“人在时间面前太无力，所有一切无所挽留，相机的发明像一个任性的挑衅，成型的是过往的尸骸”

总之 五体投地

[2009/6/1 明明澳洲英国都不过 却叫国际儿童节]

你看 你根本没有 像爱他那么认真地 去恨他 没有像 勾引他那么费尽心机地 忘记他

还 口口声声 让人家 自生自灭 多幽默

[2009/6/3 光明消失了 蒙牛换包装]

去听你唱歌 和那么多喜欢你的人一起 因为下过雨 很冷 于是穿了 背心 穿了卫衣 又穿了羽绒服 站在大概离你二十米距离的地方 听你唱歌

这么近 也没有什么代入感 即使大声跟着你唱歌 跟你一起跳 陪你一起笑 还是没有 旁边一再有 女生尖声 叫你的名字 眼前是前后摆动 或左右摇晃的 蓝色荧光棒 此时此刻 耳朵里 不是你此时此刻的声音 眼睛里 不是此时此刻的画面

听见的声音是 1999年以后 到 2009年以来 一次次打开CD机 放入草绿色 黑色 白色的CD 按下三角键以后的声音 是从20G的随身播放器 不断翻转 找到五月天以后按了的play键 是从《拥抱》到《放肆》

脑子是 在寒冷冬天里 脚趾被冻得痒痒 走了一个个音像店 找那张正版的《时光机》专辑 是 2006年冬天 和欧文期末考试刚结束 跑到图书馆 考试以后 大家都回家的回家 出去玩的出去玩 我和欧文 特意买了两个鞋套 去了电脑室 找了个角落 看 你们刚刚的 北京工体演唱会 音响不敢开很大 我们也看得津津有味 冠佑求婚的时候 我们就一起哭 尴尬 并感动着

有的时候 非常非常失落 有的时候 非常非常难过 有的时候 非常非常 迷惑 人人都一样 连妈妈都说有的时候 觉得 好寂寞啊……然后 我觉得 我的这些心情 都被你了解了 然后 陪你唱《憨人》唱《孙悟空》唱《雌雄同体》唱《为爱而生》唱《笑忘歌》唱《放肆》

你问 让五月天 陪你 好不好 你说 五月天 一定 陪你走到出头的 那一天 不会消失 不会离开 ……

在人群里 后来热了 脱了外套 和卫衣 穿着背心 没有怎么拍照 也没有往前涌 只是在位子上 看着你们 想将这一刻 印入脑海 保存完整

谢谢你们 我会喜欢你们 十年 再十年 再十年

只要我还年轻 我就会一直喜欢你们 我就要 和你们一起

唱我们的歌

看了演唱会以后 忽然 觉得人生没有了方向 傍晚时 在窗前 看着下面的城市 在那里 站了很久

在 心里想着 这就是我的人生吗 这就是我的人生吗 这就是 我的人生吗

[2009/6/10 I'm never naughty just for the sake of it though（我从不为了调皮而调皮）]

原来 治愈系的家用电器 不是电风扇 而是电褥子

每一年的这个时节又到来 从心里觉得 认识那么多 北半球的朋友 真不爽 大家都在喊热 吃西瓜

而我 窝在家 捧着Eee PC （华硕便携式笔记本电脑）上床以后就再也不下来 把水杯 巧克力 饼干 抽纸 什么的都放床头 一切生活用品 都要放在触手可及的地方 上厕所以后 就可以心安理得地上床啦

于是从晚上十二点 一直到 次日下午四点 都没下床 开着电褥子 暖乎乎的 把被子围了一圈又一圈 和 河童在 MSN上说 我现在 又饿 又想 上厕所 河童说 那你就去上啊 我说 冷 不

想离开电褥子

一个小时后 河童说 我要上课了啦 我说 去吧 我要 尿床啦

看来 考试以后 我真得计划一下回国 穿着 背心裤衩 剪个短发 把 无情寒冷的 墨尔本的冬天 甩在背后

P.S. 小德国 每次说起 小台湾 就一脸幸福状 弄得我 好不是滋味

[2009/6/11 有时候 我也挺喜欢吃SubWay（赛百味）的]

早上十点左右电话响 因为电话在旁边的桌子上 要挪身子伸手才能拿到 于是任凭它响 响了好久来了个语音信息

一点左右起床 翻到语音信箱 老板娘 兴高采烈地 在电话那头说

宝贝 今天干吗 你想不想上电视啊 有人来我们官邸拍电影 快给我回电话

我把这留言 反复放了几遍 觉得老板娘好可爱 总是情绪高涨的样子 我就不行 tone（声调）很低

[2009/6/17 Harrods（哈罗德百货）对我没什么吸引 其实]

可能要回国 新航的日本机票 因为当时买的特价票 不能改签 不能退票

估计也就只能作废了 还好澳航 北京走香港 才九百元左右 旁敲侧击地抚慰了我

连续三天去健身 不做卡路里 只做 weight（重量） 我只做旁边老外一半的重量 但是倒数五个 还是得伴随 很妙又纠结的叫声 才能完成心里的独白 就是 老子在gym的时候 你们都别来

果然 经常游泳 SPA（水疗） 皮肤就会很滑 晚上睡觉 手掌摸肚皮 左脚贴右腿 滑到 失眠了

Ed 经常说 You are so sweet（你特别甜） 我就在想 我是有 多甜 还是我 只是油嘴滑舌

总之 周日见面 希望一切顺利 毕竟 狮子座于我 意义重大 忍不住想要把 名字交给他

就好像《夏目友人帐》里 妖怪见了灵子 斑遇到夏目吧

这样

P.S. 又憋尿 写日记 安东尼 同学 这样很不好

[2009/6/18 一路上有你 苦一点也愿意]

随口说出 你变了的人 真的很不负责 女歌手 出专辑 有人洋洋洒洒 宣泄你变了 男作家 新书上市 有人伶牙俐齿 叫嚣你变了 嗯 就是变了 怎么了 细胞每时每刻都在消亡再生 你凝视着他的这三秒 他也在变啊 难道 非要 月圆之夜 变成狼人 扣子都崩掉 露出大胸肌 才算变吗 我觉得 喜欢的时候 要大声说出来

至于 你觉得他变了 所以不爱了 那就放在心里吧

大声说 我爱你 就如《灌篮高手》般 很好很青春 大声说我不爱你 就有点 很傻很天真了 爱不爱他 是你的自由 变不变由不得他 所以就 gogogo（走走走） 变变变 好了 嗯

这样 我变了 那你呢

（刚刚 看到一条 评论 想到的)

下面是 我和J的对话

J：How is things? What's news?（最近如何？有什么新闻？）

A: Not much. You? How was the date with those guys?（没啥特别，你呢？你和他们的约会怎么样？）

J: Still dating them.（还在和他们约会。）

A: Them? You such a jerk.（他们？你真是个浑蛋。）

J: Haha. Well I try b4 I buy.（哈哈，我会在确定之前先试试。）

想问的是 买东西的时候 也是 这个试过了 再试下一个的吧

[2009/6/21 其实 时间过得非常的快]

又是 阴天

早上起来 去Jing同学那里蹭饭吃 在冰箱里翻 又跑到正在煮粥的Jing同学身边说 给我点吃呗

现在 捧着碗 蹲椅子上更新 碗里是水煮蛋一个 鸡肝若干 还有疙瘩汤 把三样东西放碗里 微波炉一热 越吃越觉得是 猫粮

恋爱中的兔崽子 很不像白羊 变得 患得患失

为什么 不回我短信 为什么 不接我电话 呼吸 乱了节拍 深深深呼吸 又 屏住呼吸 又 忘记呼吸

果然是 听到你声音就想贴你的胸 知道你病了 就想进厨房熬汤

爱的时候 就不知道什么是 自我保护 血肉淋漓的莽撞 才是我 爱的方式

明明是男生 也说出 请 一定要好好爱我 这样的话 真的是……

说出来 就立刻后悔 然后 MSN上遁形 遁形后又后悔 怕小动物在那里失落 怕我把小动物吓到了

然后又 log on（登录）

我承认 这些蝇头小事 我没脸在 space 上更新

还好 有豆瓣日志 这么平易近人

[2009/6/26 他的写字台上有 三棵向日葵]

我很想把赚来的钱做一些投资 比如国债 期货 证券 但是同时又觉得那是一个我完全不了解的世界 所以就一直老老实实地赚工资 存银行 花工资

[2009/6/30 我有牛奶和啤酒]

典型喜聚不喜散的个性 分别的时候内心就会满是失落又怕别人看出 所以每每说完再见便 立刻转身 大步走开

十步以后便会转身 期待对方还在原地等待 或者 对方恰好这个时候也回头

然后两人回到原地 再一次道别

可是这样的事 都没有发生过

每次发生的是 当我转身的时候 驻足原地 看那人越行越远 直到消失在视线里 才离开

最近很容易饿 晚上 先和Eric吃的 大号过桥米线 然后遇到 小野又和他吃的韩国料理 吃了两碗米饭 好多菜 还喝了很多鸡汤

从饭店走出来的时候 觉得 胃好难受 很想吐 小野说 你就吐出来吧 会舒服点 我说不 我要留在胃里 用来长肉

以大字形 躺在V/Line 上 回到家以后 看了《变形金刚2》以后 我又饿了

吃了一板巧克力 和 一盒饼干

[2009/7/2 我和你 男和女 都逃不过爱情]

晚上 看 04/05 *Menswear Autumn/Winter Show*（《男装秋冬走秀》）两个小时左右的 DVD

Gucci（古驰）的秀 两边弄几个 俊男美女跳钢管舞 弄得眼花缭乱 手上又是烟 又是酒的 坏坏的

Valentino（华伦天奴）这牌子 很高端 那衣服不适合 矮个子 和 瘦子穿 但是还是好看 好好一个牌子 在中国混到这种下场 摊手

Prada（普拉达） 的男模 头发好萌

Vivienne Westwood（维维安・韦斯特伍德）的衣服穿不到大街上 领带宽 袖口也宽

Trussardi（杜鲁萨迪） 原来上海 有卖

Ralph Lauren（拉夫劳伦） 颜色真可口 可惜衣服不修身穿不了 模特身上的衣服 都是用 别针别出来的

总之 模特真的是 奇怪的生物 脸臭臭的 好看 笑眯眯的也好看 可以走得飞快 可以溜溜达达 可以外八字 可以罗圈腿踟踟的 摇晃摇晃 好想和他们做朋友

昨天 开车去 city 貌似没有闯红灯 但是 十字路口往右转的时候 还是造成小范围交通堵塞 还好不是开破车 否则我更慌张

[2009/7/4 喝什么饮料都要加冰]

2009-07-04 00:36:43

A 说 (2:24):

我喜欢你

下列讯息无法传送给所有收讯者：

我喜欢你

A 说 (2:24):

我喜欢你

下列讯息无法传送给所有收讯者：

我喜欢你

A 说 (2:24):

从 初中 开始就喜欢你

下列讯息无法传送给所有收讯者：

从 初中 开始就喜欢你

A 说 (2:24):

十几年后 我终于接受 我们无法在一起的事实

下列讯息无法传送给所有收讯者：
十几年后 我终于接受 我们无法在一起的事实

A 说 (2:30):
我想 开始喜欢别人了

下列讯息无法传送给所有收讯者：
我想 开始喜欢别人了

A 说 (2:30):
可是 我担心 我不喜欢 不再喜欢你的自己

下列讯息无法传送给所有收讯者：
可是 我担心 我不喜欢 不再喜欢你的自己

[2009/7/5 直立式空调 忽然就变得很冷]

今天上午上班 一进办公室 老板娘笑着对我说 Hi, sunshine（你好，小太阳） 当时心里就乐开了花 后来她说什么 基本没怎么听进去

自从我家新大厨 内森 去了黄金海岸 店里就是我一个人挑大梁 店里的女孩 一边沏茶一边和我说 Anthony, so you are the chef now（安东尼，你现在是厨师了） 我说 No no（不是）

今天 二十七个橄榄球运动员来吃午饭 老板娘不知道是因为怕人手不够 还是闲得没事 跑到厨房来帮忙……结果越帮越忙 been bossy around（发号施令） 而且 质疑我的烹饪

做红酒sauce（调味汁）的时候 她说不够 我说够了 那些四十个人都够了 她非说要加水 烤肉的时候 她说 不要放大蒜 我做奶黄酱 她又说 那个不着急 做荷兰豆玉米时 她又说 放了太多黄油

后来我就有点不爽 老板娘 看出来 过来和我说 You don't like cooking with me, don't you?（你不喜欢和我一起做饭，是吗？）

我点头 然后 老板娘大笑 说 Honey, I just trying to help. That's all.（亲爱的，我只是想帮个忙，仅此而已。）

就这样打打闹闹的 最后客人们都吃得很爽 告诉服务员说 向厨师致敬 还给了几百块小费 我总算 松了口气 老板娘拍我的肩说 I am proud of you.（我为你感到骄傲。）

我说 谢谢你帮忙 老板娘说了句话 我不知道怎么拼 类似于 “屁呢 说得好听” 然后我们俩一起笑

嗯 明天和Echo吃饭 讨论绘本的事

后天 请老板娘吃饭 我问老板娘 你要吃什么 她笑着说 Whatever baby, as long as it is expensive.（宝贝，不管是什么，贵的就行。）

她还说 咱俩都别开车了 这样咱俩都能喝酒 等我把你灌醉了 你就能错过飞机 我可不想官邸 一个月时间 一个大厨都没有 我笑说 You wish.（想得美。）

然后 周三我就要飞回家啦 飞机在新加坡 停几个小时 九号到北京

如果 没有被隔离的话 我会参加公司14号白天的活动

挺期待 北京之行 可以见朋友 看演唱会 吃好吃的 还可以走 红地毯 嘿嘿

发短信给认识了三年的 理发师 Davy说 I need a super handsome hair cut.（我需要一个超帅的发型。） 他回消息说 lol（大笑）

这次回家 我有点不舍得小野和J 我们本来说好要去新西兰滑雪的 我这样一走 把他们俩留在了冬天 不过 我房租水电煤网费都照交 不知道 这样会不会觉得我也在家一样

哦 Toto可能来主卧房间 这样会好一点 我把车钥匙留给

小野 我说没事你就开车去上班 或者去超市买东西 他说 你只买了第三方保险 我才不开

本来机票买的是去日本 可是由于流感 加上 日本旅游签证的门槛抬高 所以 这次才临时决定改签机票回国

发邮件给旭说 今年我不去日本了 签证办不下来

旭回消息说 嗯 然后问了我一些其他的问题

心思一直停留在 这个 “嗯” 上 是失落的 嗯 还是可有可无的 嗯 是欲说还休的 嗯 还是仅仅是 嗯 我知道了

明明知道 自己已经 move on 但是又很明了 后会有期的感觉也不错

嗯 我要回来了See you soon（不久后见）

[2009/7/9 之前的那些磁带 扔了不舍得 留着又不听]

把账户里的钱 花到了个位数 想吃肉想得 眼睛绿了

厚脸皮打电话给 那那说 我要回国了 赶快抓紧时间 请我吃饭

结果 我忘记带手机 因为 具体时间没有定好 所以到了

city 以后 我就想 听天由命吧

在约定地点 等了十分钟 还是没人出现 狗急跳墙 后来 我跑到Chinatown（唐人街） 去上网 上QQ 看到小野在

激动地发信息说 小野 我需要你

小野拿了我的手机说 一堆未接来电 后来他给 那那打了电话 定了时间地点

我看到那那时有点心虚 Fang 说 手机都不带 服了你了 那那没有责备 还一脸 我早就习惯了 的无所谓表情 让我很不好意思

韩国烤肉 真好吃 烤肉就是要用炭火嘛 就是要有美少年在一旁服务嘛

在回去的火车上 我可能因为吃得太多 困得不行 上车拿出书看了几行 就倚在窗边睡了 不知道 过了多久 隐隐约约觉得有人摸我膝盖和大腿

我醒了 一看 是一个 大概五岁左右的 长发小黄毛 他的眼睛是一种很纯粹的蓝色 头发软软的 不知道当时我是什么表情 反正内心是在咆哮 太可爱啦

看到我醒了 他把手缩回去 后来 他把头从沙发空里 钻过

来 和我讲话 当时我不知道要 回答什么 整个脸都红了

听到他爸爸说 不要那样 人家在睡觉 不要打扰人家 我坐直了身子 看到坐在前面对面的爸爸 和他尴尬地 笑了笑 不知道说什么

可是小黄毛 不听他爸的 好像逗我一样 一会儿左边 一会儿右边地探出头 对我笑 我笑得尴尬 不知道要看哪里 后来 他妈妈看不下去 把他抱了过去

下车时 路过车窗 他们全家四五个人 都在里面和我招手再见 那个小黄毛睡着了

[2009/7/10 瑞金医院 卢湾分院]

新加坡航空公司 吃的没有我想象中那么好 但是服务不错 机械化笑容的空中小姐 笑得很真诚 我喜欢座位下边的 踩脚板

在新加坡机场 想买一个领结 结果没有买到 吃了味千拉面 有免费的网络服务很不错 电梯速度快真的很赞

我已经在北京了 机场的监测没有我想的那么严格 测个体温就好 在新加坡上飞机的时候 BC 座位上是一对情侣 C座女生 略微咳嗽 当时心里嘀咕了下

不过转念一想 老子从墨尔本来 the place of flu（流感发生地）啊 怕你不成 B座男生是很帅的 短发胡子男 我在看Echo推荐的英文杂志 他问我你是学设计的吗 我说是啊 每次有人猜我的职业 无论他说的是否对 我都说 是啊

北京变化很大 T3的天棚很漂亮 不过觉得没有什么人气 坐机场快铁 坐了好久 我以为到三元桥了 结果一报站 才知道原来是T2 机场是有多大啊

北京坐地铁前要查包 好像机场安检一样 让我多少有种接下来是要坐飞机的感觉

在小茧家住 有好多好多的漫画 杂志书籍 真想一口气都给看了 昨天下午陪她上了日文课 晚上 四个人一起 在羲和雅居吃的烤鸭 环境和烤鸭都不错 不过菜量太少 尽管我昨天 吃了飞机消夜 飞机早餐 小茧做的早餐 午餐（一锅粥 十多个饺子） 下午吃的 吉野家双拼饭还有一条鱼 可是我还是觉得菜量很少 老醋蜇头用茶碗装不说 还太难吃 西瓜汁清淡得好像西瓜皮汁

不过 烤鸭还是很好吃的 哈哈哈 我的爱

不知道 是不是太不要脸 住小茧家 舒服得 有住自己家的感觉 明天去见我喜欢的作家 晚上和朋友 看演唱会

北京 真的很不错

[2009/7/16 I go to sleep（我去睡觉了）]

在北京 玩了一周终于回家了

可惜没有保持 一周内 天天都吃烤鸭的记录 我们公司的美女真多 好养眼

我觉得 我的人生好神奇 昨天下午和 河童同学在星巴克喝咖啡时 看一本封面是韩寒的 男性时尚杂志 晚上回大连的时候 就在机场遇到他了 他一个人 拿了三个大旅行箱 （不愧是 运动员）

然后 我就走过去 说 你是韩寒吗

他笑着点头说 嗯

然后我就 拖着箱子 站原地说 你好

他笑 说 你好

说完以后 我就继续往前走 边走边想 那可是 韩寒啊 这样

就完了吗 要么 握个手吧 可是 握手的意义何在呢 我们俩又不认识 赤裸裸的性骚扰嘛 嗯 嗯 算了 算了 想着 我就过了安检

他本人很有礼貌的样子 而且 比杂志封面要好看 后来 河童说 告诉他你也是作家啊 我说 我还没疯 谢谢

我妈我爸 亲戚朋友在机场接我 可是不知道为什么 箱子一直不出来 等了好久好久 那时间足够我飞回北京 回家以后我就迫不及待地上了豆瓣 给我爸爸妈妈 看那个北京活动的视频 脱光了 洗澡 关门时 看到他们俩坐椅子上 抻着脖子 目不转睛地盯着屏幕看 我妈妈一直按着反复 当时有点窘

因为我家浴缸很小 加上个 锅脸那么大的淋浴 我只好蹲浴缸里洗澡

一边洗 一边觉得恍惚 犹如 梦一场 穿越季节 变换了时间 更替了地点 朋友匆匆相见又匆匆告别 人群中读者的欢呼声 写着“请 转给 安东尼”的字条 名牌衬衣和领带 很骚的小短裤 烤鸭 火锅 朋友 同事

想过一次 确定它们都出现过 没有觉得多失落 开始觉得有一些责任 又有了一些动力

[2009/7/18 妈妈做的白菜炒肉]

最近看的书是

《姐姐的守护者》 中文和英文 夹杂着看 在飞机上 一边看一边哭一边颤抖 空中小姐一过来 我就看窗外 她问我要水吗 我就点头 说要 也不敢看她

《台北故宫》是小茧老板写的 她把那本书送我 我一直担心自己没文化 写出来的东西没营养 小茧说 你把这本书 看下来 在故宫这个方面 就比同龄人 厉害很多了

回家几天 除了去看了《哈利·波特6》 就没出门 我不是自我隔离 我只是想 待在家

上午的时候 有阿姨来打扫 给我做午饭 我妈说 不让我 叫她阿姨 然后 我也不知道 叫什么好 难道叫大姐吗 早上我都会一直睡 美其名曰 倒时差 门铃响 我就围个毛巾 去开门 又匆匆回去睡觉

别看阿姨是个做家政的 她在我家做了两年多 绝对是有勇有谋 有胆有识 我摊了一地的乱七八糟的东西 连我妈我爸都不让他们碰 结果 阿姨来了就说 呀 怎么这么乱 然后就开始收拾 我说 你别动 就这么放着 千万别动 她停下来说 好

然后 我就去书房上网 结果我找一本书的时候 去我房间一看 我天 东西都罗列了起来 内裤和脏衣服都 分类泡了起来 书包和箱子都不见了 还有乱七八糟的东西也没了 当时 我就一脸窘样

然后 我就跑到厨房说 你给我收拾房间了 啊

她说 你房间 那么乱 都没有下脚的地方 你别和我客气啦

我 不知道要 说什么 点头说 哦 我不喜欢 别人碰我东西 你胆子也太大了吧

这样的话 终究没有说出口

中午吃饭后 吃葡萄 我从废报纸的箱子里 抽出一张放葡萄皮 吃着吃着 一看 这不是我 特意在北京买回来当纪念的 介绍TN（文学之新）决赛的报纸吗

但是我不敢发作 我吃饭的时候 她在洗手间 洗衣服

我们聊天 她说 她家小孩不老实 然后说 我家儿子有你一半省心就好了 我本来高兴 结果她接着说 你看你 整天在家待着 也不出门 跟小姑娘 似的

……

妈妈 快放假吧

下午阿姨一走 家里就是我的 天下啦 脱掉衣服 脱掉裤子 只穿要掉下来的 旧旧的四角裤 大声放音乐 使劲“下电驴” 吃雪糕 喝茶 上一会儿网 看一看DVD 再看看电视 想睡就睡 天黑再出门

好舒服哦 找到了 儿时暑假的感觉

妈妈别放假 也别让阿姨来

[2009/7/22 香水买个一两种就够了 真的]

亲爱的 不二

我的话不多 有的时候想表示友好和亲切 却不知道用怎样适当的表达方式 最后只好在角落里默默关注 所以 被我喜欢的人 如果稍微主动一点 就会 一拍即合

小四说 我发现你语言沟通有问题 可能不太适合酒店管理 人与人那样的工作 好好当厨师吧 我觉得 很有道理

也许像小狗说的那样 我“手段高明” 但是绝对没有 左右逢源

人多的时候 就很难被感动 大家哭的时候 我却无动于衷

很难因为别人 喜欢 而喜欢 也不会 因为别人 恨 而恨

很少把什么事 放心上 遇到突发事件的时候 依然淡定

只是每次遇到喜欢的人 才会 患得患失 把自己贬低进尘埃 伸手 向别人借人品

你看我 一不小心 成了这样的人

我来墨尔本三年多 只在一个地方 理发 嗯 三年里 我唯一一个理发师就是 Davy

就算其间 回了中国 去了日本 也都没有理过发

之前 每次理发以后 我都不爽 都觉得 没有理发前 好看

只有Davy 他给我理发以后 我都觉得 好帅 对着他拿着镜子站在我后面 我对着面前的镜子笑得淫荡

Davy 是马来西亚人 白羊座 我们同年 生日差两天

他个子不高 短发 给人 感觉懒洋洋的 连笑都懒得张嘴用力 cicici ci的

中文说得不太标准 我们经常 中文夹杂英文地聊天 有的时候 聊到大笑 有的时候 很大声音地骂 屁啦 惹得别人往这里看

他的手很漂亮 像孩子一样 很嫩 在这个所有 理发师都让

你 烫染的时代 我说 我想染发 他却说 你别彪了 这样挺好 我说 我要烫发 他说 烫发也是要打理的啊 你这种不用发蜡的人不适合 再说 剪几次就没有效果了 所以 我就只是在理发

理发后 他会说 要不要抓 我一般都说算了 有的时候 我说抓一抓吧 他就会一脸贱笑地说 有约会哦 然后 又懒懒地笑

我有他的手机号 因为 尽管我在他那里理了三年发 可是还是记不住 他 周一 周二休息 然后 每次也不打电话去店里预约 所以经常 我去的时候 他都很忙 可是因为我住得太远 他又不好意思让我改天来 然后就不去休息 给我理发

这次 我回国 他说要买T恤 玩具之类的 我说你在淘宝看我帮你买好了 然后 他就自己“淘宝”列了一个单子给我 今天 我在淘宝拍了一遍 一看 将近七千人民币

他上网 我说 你两年内都不用买衣服了 他笑 说 真的是麻烦你了

我说 把我淘宝密码给你 你去看看钱都是 怎么花的好了 他说 不用 我相信你

他说 最近事情 fucked up（搞砸了）家里啊 女友啊 工作啊 可能不想干了

我说 那你不干了 我就不理发了 戴个帽子

他说 Don't talk bullshit.（别胡说八道。）

我说 我不是开玩笑 三年里 只有你一个理发师 换了别人我不爽

他说 好 我保证 你要是想理发 可以来我家 反正我还待在墨尔本啊

我 笑

真的是 太喜欢 Davy 了

哦 不二啊

今天和妈妈去星海湾看了房子 我也要开始 商贷买房啦哈哈

虽然只有四十几平方米 但是背山看海 阳光充足 广场上有风来 爽啊

勒紧裤腰带 赚钱 握拳

[2009/8/2 How to change the world one photo at a time（凭一张照片如何改变世界）]

存在必合理 真是句抚慰人心的话

脑海里 一再出现的字幕是 我毛发浓密的男朋友 / 再见羞耻心 / 一样的夏天

再次 来到上海 又遇到大雨

总是 不经意地 想到去年此时

明明 知道被厌恶了 还是在深夜给你打电话 说 想见你

哎呀 如果 火象星座不能变成 狮子 金星 不能变成摩羯上升又不是天蝎的话

那就 和自己的羞耻心说 再见吧

只是 真的能撇弃 是非观 和 自尊心吗

如果能撇弃就好了

如果 撇弃了的话 会变成 很讨厌的人吧

[2009/8/5 一个批判自己过往的人 不会爱上未来的自己]

《夏目友人帐》

恍惚间 隐约想着 应该 趁着年轻 和喜欢的人一起 制造些比夏天还要温暖的事

会怀疑自己到底有没有像自己口口声声说的那样 喜欢夏天

最喜欢的 植物在春天达到生命巅峰 花开满树
最喜欢的 水果在秋天成熟 价格便宜 鲜红多汁
至于冬天 圣诞 新年 春节 假期连串 荷包满满

夏天我就说不好了 但是在觉得没有什么特别的同时 又会坚定地认为那些令人欢喜的事 都应该在夏天发生 嗯……只在夏天

春夏秋冬 都会发生很多奇怪的事 唯独夏天发生的事 记得最清晰 念念不忘 你说 会不会是 因为夏天温度高 多余的蒸发 累赘的去掉 只剩下精华干练的东西 那些用食指和拇指拉起来以后 坚韧柔软的片段 它们在记忆的隧道里 闪闪发光

是夏天 大概 七岁 那个时候 我们还住四号楼 我爸爸经常出差去外地 只有我和妈妈两个人

妈妈给我在狭小的厕所里洗澡 每次洗澡都是难熬的经历 因为我妈一用搓澡巾搓我我就说疼 所以记忆里每次洗澡都是伴着我妈的训斥和我的呼喊结束的

洗澡之后我妈就会一改凶神恶煞的面目 给我披上浴巾帮我擦干 她总是喜欢把我刘海往后梳 然后在我额头亲一下 她看我的眼神似乎我是她一件很满意的作品 我不喜欢那头型总是用手把它胡噜回去 然后下楼找小朋友玩

院子里一棵棵高大的槐树开满了一串串的白花 香气一丝

丝的 跟在大一些的孩子屁股后面跑 我们摘很多的槐花在吊车上攒到一起吃 傍晚时毛毛妈妈 会在楼上走廊 打开窗户大喊毛毛吃饭啦 然后 毛毛哥哥就 带着我回家

小学时的夏天 爸爸妈妈都很忙 暑假的时候 我都会被送到乡下姥爷家 我觉得那五六年的暑假生活对我的性格养成影响很大 不知不觉地带有了乡下小孩的气质 回想那些时光充斥着阳光和树叶的味道

那时候经常吃苞米粥 喝不了的时候姥爷就从电视机后面的搪瓷罐子里舀一勺糖放到碗里 这样我就能吃完了 上午要写作业 在桌子上写 窗台上写 趴在炕上写 发现在哪里写都不舒服 手臂上留下炕席的条纹印痕 有的时候母鸡在窝里下了蛋然后飞到鸡窝上 毫无城府地 咯咯哒 咯咯哒 地一直叫 然后我就趿拉着姥爷的板鞋去捡鸡蛋 刚下出来的鸡蛋还是热的 有的时候上面还有毛

中午的时候睡午觉 姥爷的午觉总是很短而我总是要很久才能睡着 要一个小时左右才会醒来 满头是汗 屋子里异常安静只能听到外面蝉的声音 下午去找大明舅舅玩 管他叫舅舅其实他只比我大一岁 只是 辈分大 有的时候 我们去水库里游泳我不会踩水所以要一直游 累的时候我就趴到他身上一动不动地 被他带着游 有的时候 他踩到蚌 用脚掌确定位置 以后一个猛子扎进去 有的时候能找到两个巴掌那么大的彩色的蚌 有的

时候我们去河里抓鱼逆着水流方向拿着水果罐头的瓶子 阳光把脖子后面晒得火辣辣 后来把短袖脱下来左右拍打后背防止“瞎眼蒙”落在背上吸血 在西瓜田里吃西瓜 把耳朵贴在 西瓜上 左拍拍 右拍拍 然后再换下一个西瓜 直到听到清脆的咚咚声 熟透的西瓜 西瓜刀一碰便裂开两半 吃很多的西瓜 然后尿很多的尿

傍晚的时候静了下来 也开始变凉 声音反倒更清晰 青蛙和癞蛤蟆呱呱地叫 狗时不时地吠 知了安静下来 可是又有寻觅灯光而来的蛾子和天牛 它们很傻地在窗户上撞出梆梆的声音

有的时候 爬上屋顶 小心翼翼地探身 摘枣吃 有的时候 躺在房子上面 姥爷说房子上面的沙子是从海边运来的 这样的沙子雨水不容易渗下去 躺在上面的时候小石子有点硌后脑勺 星星一片片的 很明亮 又低 躺在那里 看天 一次次地想 自己长大了会是什么样子

之后 也有各种夏天

比如柏油马路上出现几粒粗大雨点 正在犹豫的时候 就变成瓢泼大雨 我也不撑伞和你一起往家里跑 一边跑一边笑 就算内裤 袜子都湿了 也只是觉得痛快

比如初中毕业的夏天你送给我的那张CD 梁咏琪 穿着白色连衣裙在沙漠里走 她唱《爱的代价》 我们那天没有坐车

一路走回家 断断续续地对话 太阳当空 影子在脚下 即使最后分手的时候也没勇气告诉你我喜欢你 就算你和班上最帅的男生好了 我还是会喜欢你

比如高中夏天的每个下午在操场上和同学们踢球 昏天黑地地来回跑不知疲倦一直到下午六点多 天也凉了 学校的广播站也给面子 一段流行音乐响起

比如大学时学自行车拐来拐去地很不灵光地带你上课 你穿着裙子搂着我的腰若无其事地说要么我载你好啦

比如开心时流下的泪 分别时假装的微笑 凉爽的夜里想念一个人

比如蹲在椅子上啤酒瓶相撞的声音

比如半年前就买好的特价票 三千尺高 我又一次毫不怀疑地 穿过冬季 和赤道 满心欢喜地奔向你的夏天

晚上 整理笔记 看到之前摘抄的两篇短文 短文很短 可是每次看到都觉得 很温暖

#我和朋友李善思七月刚搬家的时候，家里没有电视机，两个人很无聊。我们就假装桌子上有电视机，然后两个假装手里有遥控器，还能换台。这个王八蛋不停地换台，我说他，他还不听，后来我们就打了起来。

#去天津的那个夏天，赵熊在站台外迟到了。

我没有责怪她的意思，可她慌张向我解释，刚才路过爆米花，专门为我挑选了香芋味，等了好久，最后还是煳掉了，只好放弃。我有些奇怪，她怎么会以为我喜欢吃爆米花。 她说，从前晚自习的时候，听到窗外叫卖爆米花的声音，我总是很向往，但又不能出去买。她不明白我向往的不是爆米花，而仅只是逃离。可她竟然还记得。我鼻子一下子就酸了，想抱住她，又怕肉麻，忙用别的话题岔开去。她学习成绩不好，从不跟我交流所谓思想。她只在全班都疏远我的初中每天等我，陪我回家。可是只有她还记得。第一口蛋糕的滋味。

睡觉前十五分钟左右 要打开电热毯 房顶的暖风 暖气吹太久会干 屋子却始终热不起来 洗漱以后便钻进被子里 总觉得被子和被罩没有好好咬合 可能因为上次洗床单以后没有装好 可能因为睡觉不老实 关掉电热毯 把无论羊毛被 还是被罩抓牢裹住自己 脚底下还是冰凉 于是蜷起来 后来脑袋也缩进被子里 有鸢尾的味道 听到呼吸朴素的声音 手掌扣住脚心 然后 然后就在七月的时候 睡着了

恍惚间 隐约想着 应该 趁着年轻 和喜欢的人一起 制造些比夏天还要温暖的事

[2009/8/11 通电后 温暖的变压器]

很显然 一架国际航班就能承上启下

北京的最后一夜 本来想和小炫在他郊区的公寓把酒言欢 结果宾妮打电话过来说 朋友心情不好让我们一起过去聚一聚

朋友家住在市中心的购物中心 广场上的天棚有巨幅银幕 之前还是移动广告 银幕一闪 成了鲤鱼在水里游动

宾妮出来接我们 穿着运动T恤 她很精致 来到朋友家他们已经喝了起来 那个朋友很厉害 有的时候我觉得他太厉害了 他的感受和思考方式 应该也和我们不一样 应该是 什么事都是云烟 什么爱都不放在心里 结果在他微醺的时候 却很认真地看着我 问 你说我要怎么办 再这样僵持下去 这感情是不是就完了 看着他认真又有点焦急的样子 我竟然觉得有点开心

恋爱中 应有的嘴脸 再厉害的人也逃不过

后来 大家开始讲鬼故事 我本来不怕鬼 但是大家讲得绘声绘色 我默默地把放着护身符的书包放在脚下 因为太晚了 我们都回不去家 只好在朋友家通宵 本来以为他会累了一个人回房间睡 结果大家一直聊天到天亮

后来 我和宾妮 小炫 不知道在什么庙 还是寺院附近吃了

早点 然后把宾妮送回家 我和小炫本来想去之前我订好的酒店 好好睡一下 结果打电话给酒店 对方说 他们已经客满 要下午一点才能check in 后来又找了一个酒店 结果又 booking out（都预定了）

一咬牙 去住了万达Sofitel（索菲特）住一天五星酒店又不会破产 果然有房间 但是服务台的小姐说 最早十一点可以入住 我说 可是我们很困 可不可以提前进去 她说那要加半天的房费 我没有办法 只好说谎 我是 Melbourne（墨尔本）Sofitel的员工 只是我没带员工卡 结果不知道她是迁就我 还是真的信了 八点就让我们俩进去睡了 我和小炫一直睡到下午四点 然后叫了麦当劳外卖 大堂服务生帮忙送到房间

晚上 和宾妮一起去吃海底捞

把宾妮送走 把小炫送走 一个人回去酒店 住五星酒店 就一定要体验五星服务 于是 在大堂告诉接待的员工 早上六点半给我一个 morning call（叫醒服务） 叫我起床 七点的时候帮我叫一辆出租车去机场 顺便送一套剃须刀和几瓶沐浴露去房间（万达Sofitel 竟然用 L'occitane（欧舒丹）的产品 可能和他们北京区老板是法国人有关) 不想动 却硬是穿上短裤去四楼游了一圈泳

结果早上六点 就接到妈妈电话 叫我起床 可能因为我之前睡觉错过去悉尼的飞机 给她留下阴影 check out（退房）很顺利 不知道为什么 没收我的电话钱 因为我是Melbourne Sofitel的员工吗 上了出租车 问司机去机场 要多少钱 他说八十多 我数了下钱包只有七十五了 我说去 三元桥好了 我没那么多钱 可以在那里坐机场快线

司机一脸不爽 说 我五点就在这里等 就是为了接一个机场的活 七十五就七十五吧 我翻出来一澳币给他 说这个值十二块人民币 他笑了

在机场 用我剩下的中国移动余额分别给朋友们发短信 我走了 再见 回去了 谢谢 再见 保重

可能 因为是周末 早上才八点 大家都在睡觉 没有回复 最后一条发给朋友 我回去了 祝你恋爱顺利 加油

刚想关手机 收到朋友的回复 再见 我们都要幸福啊

带着笑 关机

在白天飞行 飞机降落 新加坡机场 我身无分文 因为汇率关系 没舍得换澳洲旅行支票 结果 ANZ（澳新银行）信用卡很靠谱 明明被我刷爆了 还是要强地帮我支付了 三个猪肉包一杯奶茶 还有一碟米粉排骨 看了免费的电影 good luck（好运道） 五个小时 一下子就过去了

在黑夜飞行 看了两场电影 出了墨尔本机场 坐在出租车上 套上了外套 依旧穿着国内的牛仔短裤 Sunbury的早上 安静萧瑟 原来春天 没有来得这么早 看着眼里的小镇 没想到 回到这里 竟然 也有归属感

第二天 就见了 理发师Davy 经理 Echo 和大龙

Davy开着保时捷吉普来拿东西 我说你真有钱 他说我没钱 车是我老爸的

经理说我 看起来 fresh up and ready to go（精神抖擞，蓄势待发）

Echo换了发型 又搜集了一些新的关于绘本的素材 我们一起做好了图书申报表

大龙从银行下班穿得人模狗样 晚上 我们一起吃的牛排

我的车在车库 放了一个多月 结果不能打火了 晚上坐bus回家 房间里有点冷 冲了柚子茶

接下来 要再找一份工作 要在ink上开专栏 要准备绘本的故事 要早睡晚起 要准备在Melb City（墨尔本市区）找一个公寓 要在市中心的中心 接近咖啡店 接近图书馆

要找一个以后会一起的人 虽然我不是缺点多多 但是也不完美 真的找到对的人谈何容易 但是 总是觉得一定会找到那个人 一定

另外 如果你看这日志 也许我把生活写得太好了 并不想给你生活原来可以这么美妙的假象 生活哪有这么好 只是那些不好的我都没说而已

寂寞有时 尴尬有时 难过有时 龌龊有时 卑鄙有时 懊恼有时 不过好在 相信自己 尊重自己 自信点 乐观点 和朋友家人一起 这些 不好的 都会过去

那些真的在你生命里 发光 让你反复回味的 它们都是 好的

Echo刚刚 来电话 问我有没有写稿 我说 没 不过我写了很长的博客 她说以后我每天给你一个电话 督促你写稿……谢谢你

P.S.羞耻心 果然还是 抛弃不掉 那就争取做得更好 别让自己羞耻好了

[2009/8/30 他有一只让它坐下 它就坐下的狗]

换了手机 我不是手机控 经常忘记带手机 也经常没电 手机不会放在兜里 经常就是静音放到书包里 常常被同学说 把手机当BP call（寻呼机）用

之前只用过两款手机 索爱Z208用了四年 索爱M600i用了两年 然后朋友手机坏了 把那个机器送给了朋友

本来我现在hold 过桥签证 所以理论上电话的合同满了以后 是不可以升级的 打电话去 Three（和记电讯）问 也说不能换 然后有一天逛街 路过Three店面 就进去随便问了下 结果没想到 那个小姑娘 要了我的驾驶执照复印了下 就直接给我了一部新的手机

所以我有了 第一部可以拍照的手机 （我知道 我落伍了） BlackBerry（黑莓） 9000 上网啊 收发邮件啊 很方便了 我觉得比iPhone有爱

工作 不好找啊 递出去的五份简历 现在有三份都被 拒绝了 再接再厉

和小野在家玩PS3 水墨画版街头霸王 我最喜欢用的是Ken这个小黄毛 小野问我 干吗 我每次用相扑你就不选Ken 我说你用相扑太厉害 如果Ken在我手里 输给你 我会垮的 玩了一个下午 觉得左手大拇指要出水了 现在手掌自然形态就像真空包装的五里香 卤味鸡爪一样

一周内 看完三部美剧 爽 八月就要过去了 觉得好失落啊 一年中 我最喜欢的月份了

最近 墨尔本晚上常常狂风暴雨 拉下窗帘以后 总有种在孤岛生活的感觉 ink专栏交稿了 写的时候觉得好棒啊 写完以后觉得好瞎 前几天打印出来 泡澡的时候看又觉得好棒 现在又觉得瞎 各位看官评论吧 不过威廉看了以后 说 想起了以前的 朋友 谢谢你 蛮开心

九月份 把人品 都换成事业运吧 桃花 可以避一避 先好好和自己恋爱吧

[2009/9/3 矿泉水没有 蒸馏水贵]

最近又长了 一厘米竟然 变成了184cm 之前听说坐航天飞机/宇宙飞船 会长个子 没想到 飞机坐多了也长 我一直感觉墨尔本男生其实也没有很高 矮子也挺多 可是 最近生活里出现的几个男生朋友 分别是 185cm 188cm 190cm 就感觉自己还应该长长 嗯 长到186吧 我觉得186还不错

天气稍微暖和了 一点点 今天放学以后 和小野去打网球 说起来想当年我高中毕业的时候 我爸爸单位同事的老公 是大连大学的体育老师 那时候就请他教我打网球 尽管我没有持之以恒 经常锻炼 但是打得应该比路人好吧 可是今天去网球场一玩 觉得丢人现眼了

最右边一对小伙子 那种 dang dang dang的专业水准 就不提了 光是我们俩旁边一对 平均年龄大概十二岁的姐弟 我们俩都不如 他们两个人 一来一回地 拦网 扣杀 长传 打得那叫一个棒 人家打球的时候怎么就那么协调呢 真想拜他们为师 我觉得老外的运动细胞是天生的 我和小野总是捡球不说 光是那个击球的feel（感觉）就不行 到后来我觉得丢脸 我和小野说咱俩回家吧 因为之前我们俩上课加打工的 一般晚上去打球的时候都已经没人了 只要交十块钱让他开灯就行 两个人打几个来回 也没觉得自己多差

结果 今天白天去 看到了别人玩 立刻就垮了 加上最近找工作也不顺利 现在的工作也出现了点小问题 明明只学一科hospitality facilities planning and development（酒店设施规划与开发）作业做起来也不得心应手 《最小说》那边又欠了一个五千字左右专题的稿子 有种 干啥啥不行的挫败感 调整期 调整期

（网球场上 有个穿短裤的女生 她在和教练打 她打得很卖力 几乎每次挥拍都喊一下 嗷嗷的 我和小野说 我也想喊 小野说 那你喊啊 我说算了 咱俩打这么臭还喊多丢人 再说 澳洲老娘儿们那么猛 喊得好听 咱差这么多 喊出娇嗔的 feel多不好）

如果 不算下雨的时候 我就感觉春天真的来了 下雨的时候还是冷 需要穿羽绒服 因为最近经常下雨 所以草地踩起来很松软多汁 也经常能看到彩虹

上课时 我觉得 还是欧洲那边来的同学穿得比较时尚 高领毛衣 靴子 围巾的搭配都恰到好处也不突兀 非常有范儿

相比之下 澳洲本地的学生 衣服就挺土的 但人是好看的

相比之下 中国的留学生 挺多穿的名牌 可是穿身上就土了

不知道是我审美问题 还是 人种真的有差别 我问小野 小野解释说 我们亚洲人比他们多进化 两百年啊 他说你没发现老外现在越来越长得亚洲化了吗 我觉得挺有道理 可是 干吗人越进化越回去了吗

和小野生活了两年了 难免有点 老夫老妻的feel（感觉）比如 你去学习吧 我来做饭 你把鸡蛋炒了 我吃剩饭就行 明天都 考试了 怎么还不睡 回去赶快吃药 我明天早上 叫你起来啊 你喝不喝咖啡 这样的对白

或者 一同进出 一同看剧 打游戏 形影不离啊 形影不离关系好到 可以表情严肃地说 你说我长 这么干净一人 放屁怎么那么臭呢 和小野这两年就是我 以后同居生活的 preview（预览）

尽管他比我小两岁 可是家里 做饭 打扫的工作他做得比较多 而且 我有什么不清楚就问他 比如地理啊 历史啊 飞机大炮啊什么的 他也经常帮我分析人际关系 关系轻重 我觉得我挺依赖他的 年底他可能就去悉尼读研究生了 也可能留在墨尔本 但是学校不一样 我们俩很难住一起了 那天去他房间拿CD看到他和女朋友聊天 关于年底搬家的事 我看到 他和女友说最好还是和老大一起住

当时感动得 真想扑倒他

现在每周都和 Echo 同学见面一次 用半天时间 做绘本 看看杂志 买点东西 吃个饭 忘记带钱包 饭店不能刷卡 这样阴差阳错的 几次都是 Echo请 下次请她吃点好的

和Echo同学一起工作 真的像小四说的那样 有化学反应 绘本目前来说做得很顺

5号 我大连的公寓开盘 让我买到20层以上吧 哦耶

[2009/9/18 如果你喝一瓶酒 也不醉 那我觉得太浪费了]

工作的时候 Emma进来厨房 在我的白板上写 I love Anthony（我爱安东尼）

分手过后 正好是一年时间 早上起来突然想起你 真心喜

欢过的人 无论之后发生什么 也讨厌不起来 之前那样的分手 后来你一次次的中伤 所以从来没想过说 祝你幸福 可是每每想起你 看到关于你的消息 还是会隐约开心地觉得 你应该很幸福吧

今天 你上线 几乎一年没有聊天的你 突然和我说 你好吗 加油啊

我很好 我很好 只是说不出加油啊 因为觉得自己没有立场 也做不出那样的动作了 尽管我一直想回到过去 将你紧紧抱住 紧紧抱住

也许 没有一种遗忘 是我想要的 但是总有一种是最适合的

去悉尼的时候 遇到的男生 卷毛金发 看错号码 坐到了我的位子 飞机起飞后 拿出单反相机 对着外面的云朵 不停按下

今天是小野生日 早上起来摸到手机 发了短信 Happy birthday darling. I will go to the ball with u if u really want.（亲爱的，生日快乐。如果你真的愿意，我会陪你去舞会。）五分钟后 房门打开 小野扑到我床上 说 老大 我爱你 一直觉得庆幸 能遇到好朋友 一路走来都有朋友支持 可是我想不出 我在朋友关系中扮演什么角色 一直被朋友照顾支持的我 offer（提供）了什么呢 嗯 如果朋友有难 我愿意为他在别人的两肋插刀

地下铁里 拉小提琴的老人 走过时拿出手机匆匆拍下 感觉音乐声在离开地面后 戛然而止

反复听过的CD 听到一曲终了 脑子里就自动有了下一首歌的前奏 接触颇深的人 即使笑着说我没事我没事 也知道你难过了 一点点走过来的人生 常常觉得山穷水尽了 也会知道不久便会变得风生水起 可是 不停揣摩 纠结萦绕的爱 还是不知道何去何从

从 Pancakes On The Rocks（磐石松饼屋）回家的午夜 达令港在左边 灯光昏黄连成一线 一路走下去 脑子里思考事情的 开关一个一个关掉

凌晨两点一个人在吃 24 hr7 days （24小时营业，全年无休）的pancakes 旁边有中国人在喝酒 那男人站起来 举着酒杯说 我干杯 你随意

我觉得 我们俩之间就像喝酒 我干杯 你随意

[2009/9/20　俄罗斯产Smena Rapid（斯梅娜快速型相机）]

（我）又 想起（你）安东尼

一

睡到下午一点 赖在床上不想起来 在地上摸到遥控把台

式机打开 听到MSN登录的声音 随便摸起来一本书看 是在北京时 小茧送给我他们领导周兵写的《台北故宫》

欧文和那那经常感叹我 基本社会常识的贫乏 到后来他们俩完全接受这个事实 好像我不知道任何事都是可以接受的 不用担心安东尼 他是靠运气打拼的

我在西安出生 在沈阳读大学的时候 爸爸和妈妈 决定故地重游 妈妈发短信说 我们到陕西了 我回短信问 不是要去西安吗 怎么去了陕西 过了好久 我妈才回短信说 真高兴你考上了大学

Anyway（无论如何） 所以我最近都在看一些 “有深度”的书 你知道吗 中国有 两座故宫博物院 一座在台北 一座在北京 它们怀着曾经相聚在一起的珍宝 隔海相望

MSN 响 我从床上爬下来的时候 小台湾已经离线了 他说 今天是七夕哦 情人节快乐 我去洗个澡 准备回部队了 明明知道他 下次上线是一个月之后 还是说了 情人节快乐

世界上 我最不喜欢的节日的 top （最高的）3 一定有情人节吧 心里想着

然后想到 大概四五年前 在大连的时候 朋友们一起出来玩 我在KFC的靠窗位置等你 你习惯性地迟到 就坐在我对面 有一句没一句地说话 抱怨其他朋友来得那么晚 说 早知道你就不着急了 我满脸堆笑 看着落地玻璃上 贴着的 粉红色的广

告 月亮 鸟 桃花 男生和女生的背影 用汉字写的 七七

哦 原来是情人节啊 情人节 你和我在一起哦 当时心里 明明是 欢喜的

你把 食指和中指 交叉 然后在我脑门弹了下 说 你又放空 然后一脸 坏笑

后来 你去日本 我来墨尔本 过了很久 久到回忆起来的时候 似乎都要说 long long ago（很久之前）才能开始 你从我生活的中心慢慢外移 几乎移到我生活圈 的半径的距离

然后 我又想起你

二

其实 心里已有渐行渐远的感觉 你的照片从我的钱包里拿了出来 后来也喜欢过其他人 但是 新航发来去京都折扣机票链接的时候 还是忍不住点击 几乎没有做什么心理斗争 就用信用卡支付了 四个月后的往返机票 不确定那时会不会忙工作 也没顾当时已经开学两周 给你发了邮件 只是问候 和嘱咐的话 最后 轻描淡写地说了句 我八月时 可能去日本

有的时候 我觉得我 与其说是 想见到你 不如说 只是想去日本 你生活的城市吧 就好像我日本旅行的目的地 随着你的

迁移而转移 东京 大阪 京都 而和你相聚的时间却越来越少 上次去大阪的时候 我们只是相聚了一天 其他时候 都是自己 或者和小茧一起

飞机降落在关西机场 我之前不知道关西机场是填海造地 飞机要降落的时候 觉得是要飞到海里 明明一直打算与飞机同归于尽的我 还是不禁紧张了下 怎么说呢 我觉得关西机场很优雅 出境大厅屋顶由一连串 格状钢桁架所组成 其线条呈现强烈的方向性 引导旅客在建筑内向前及向下移动 先至海关再前往下层候机室 然后我就看到了你 你穿着红色连帽运动服走过来拉我的行李 问我饿不饿 自然的样子 就好像初中放学你从我桌子上 拎起我书包 然后我们去买校门口夹着油条的煎饼 的日子就在昨天

忘记我们在火车上 说了什么 你得了很严重的感冒 一直在擤鼻涕 加上有鼻炎 所以不停地发出 ken ken 的声音 任性地要我帮你拿着鼻涕纸 我坐在与行车逆行的方向 身后的风景快速地从眼前滑过 又开始放空 觉得整个心都平稳了起来 好像湖面 如果说 放空有什么不同的话 我想 我在别人面前放空的时候 那是一潭死水

下了火车以后 我们穿过很大的市场去你家 看到街边的

小摊 我说 哇 有卖鲷鱼烧的 你问我要吃吗 我说 嗯 吃鲷鱼烧的时候 你问我是不是饿了 于是我们去街边的小店吃东西 我要了日本咖喱 你吃排骨饭 店里的阿姨看我拿了旅行箱 和我说话 我不知道她说什么 笑着看她 又看看你 你用好听的日语给她解释 用奇怪的语调说 Australia（澳大利亚） 吃完以后 欧巴桑一直送我们俩到门口 然后说 加油哦 我和她招手说 再见

你的家 好小 大概也就我墨尔本一个房间那么大 房间里放了箱子以后 几乎就没有转身的地方 你的床在书桌上面 你帮我打开了电脑 搬来梯子说 头疼得厉害要上去睡一会儿

晚上七点左右你起来 看下时间 问要不要出去吃东西 我说 你那么难受就别出去了 家里有什么随便吃点就好 你又躺了一会儿 然后 起来穿衣服说 还是出去吃吧 好不容易来一趟 我家附近有个日本艺人 开的烤肉店 非常好

并排走 街道很窄 对面有自行车过来的时候 要移到你的身后 看到院子里停的自行车 奇怪他们怎么把自行车 架到空中 又如何拿下来 随意地聊天 我说 我出书了 你问 是关于什么的 我说 就是过去几年的事 像日记一样 你说 哦 我说 里面写了关于你的事 你说 真的啊 那我应该买一百本

晚上 我睡在地上 你在上铺 睡觉的时候 听到你不时从鼻子发出 ken ken的声音 我不知道什么时候睡着的 睡得很沉

三

七月 全球开始猪流感 几个礼拜以后 它的名字变成H1N1 从 墨西哥 蔓延到世界各地 日本 和澳大利亚都成了严重的疫区 日本旅行签证停办

加上公司在北京的活动 恰巧就 改签机票回国 事情办妥后 竟然有一点点 解脱的感觉

待在大连的日子里 吃饭以后的 晚上 拿着随身听出门 和每次回国一样 顺着我们整天上学 放学的路 走去初中 奇怪的是 MP3 始终没有带上 在便利店买了朝日啤酒 一路上听到刹车声 喧哗声 羊肉串的叫卖声 和自己呼吸的声音 在你家本门坐了下来 天色已经暗了 你家没亮灯 现在那里应该已经没有人住了吧 我想 公寓门口停了一辆面包车 有一只很大的金毛狗 怎么也上不去车 女主人一边托着它的屁股往上推 一边说它笨

学校的大门紧锁着 门上写着告示 由于操场整修 外来人员不得入内 我双手插袋 想想 自己应该算是外来人员吧 于是

开始原路返回 把耳机插入耳朵里 很大的音量 但是听的什么忘记了

第二天 早上从你那里离开 去京都和小茧会合 心里有强烈的感觉 这次离开以后 几年之内都不会再见面 不光是物质上的 精神上 似乎也告别了什么 两个人都没说话 我拎着箱子在门口等你 你背对着我穿鞋 等你站起来的时候 我在背后抱住了你 为什么会有那样“雷人”的举动 我现在也说不清 觉得好像是个仪式一样 奥运会闭幕 不也要大家都出场欢闹一下熄个火吗 于是就 那么抱着 大概有三十秒 我抱得很紧 你一动不动

等那股冲劲过去以后 就觉得有点尴尬 你忽然笑着说 傻吗 粑粑都被你挤出来了 我没笑 拎着行李出门 你关门后走了上来 两人一前一后 过市场的时候 你停下来 买了一个鲷鱼烧把纸口袋递给我说 路上吃 坐在火车里 你在站台上 我不知道要把视线投到哪里 直到火车开动的时候 才注视着你 使劲挥手 忘记了你当时的表情 只记得 手心里 鲷鱼烧暖暖的感觉

四

八月里 三周的假期 匆匆结束 邮箱里 Student Flights（学生航班）的Sarah发E-mail跟我说 日本机票cancel（取消）的

事办好了 钱三个月内会转到你账户里 回了邮件说谢谢

回来之前 在北京和小跳相约 说是要照一些照片 他坚持用胶片机 说胶片机会很不一样 当下的气候 温度 光线 和按下快门时的心情 都会影响成像 而且 不被修图觉得很地道

后来下起了瓢泼大雨 我们被困在咖啡店里 哪里也去不了 我在回味小跳的话

忽然有个想法 现在我又想起你 是不是 不是大脑在想你呢

听说肌肉也有记忆 而且远比大脑的记忆长久可靠 所以滑冰选手失忆以后 仍然会滑冰 我就在想 也许是身体在想你吧

身体 感受着气味 温度 每一次心情的起伏 身体接触时的感觉…… 经过几年漫长岁月的曝光 缓慢成形 它是真实的 不需要被 美化也删除不了 就那样成为 客观的存在了

而且你看 即使身体不记得 那心也会记得吧 心 也是一块肌肉吧 我想

你知道吗 中国有两座故宫博物院 一座在台北 一座在北京 它们怀着曾经相聚在一起的珍宝 隔海相望

[2009/9/22　二十六岁的美国男生和我说 I like plants more than people（比起人，我更喜欢植物）]

最近觉得浑身都很乏 申请了上海明年的工作 如果拿到明年就回国了 bless me（保佑我）

连续两天 写完了三份履历 每天都到晚上三四点 这里要谢谢威廉 给我的指导和帮助 大恩不言谢 等我去悉尼犒劳你

然后 周一去就寄履历 出门的时候已经很没有精神了 觉得心不在焉的 开了车库门 坐到车里 边退出来边打方向盘 难道以为自己是在Coles（科尔斯）停车吗 所以就撞到 邮箱上了 可是我当时脑子真的麻木了 这时候也没停车 继续踩油门就听 zi zi zi的 然后我下车一看 好家伙 我家邮箱倒了 我的车从前到后划了一条 哭 因为是德国进口车 所以修起来很贵 还好不是很明显 短期内我都不会修

履历寄出去了以后 就去city贴签证 眼看着 V/Line来了 我来不及买票就上了车 上车后 我就直接找售票的说 我没买票等下去了city补 他说好 到了city以后 我去买票 结果那台机器不识别我的卡 我刷了好几次 都不行 明明里面就是有钱的 这时候 律师来了电话 说是尽管五点关门 不过四点钟就不让进了 于是我就直接上了tram（有轨电车） 想说 之后取钱再买票 结果 tram到了 Telstra（澳洲电信） 大厅那里 我看到下面

有查票的 当时就慌了 赶快下车 刚下车 让一个印度大爷抓住了

那里可是墨尔本最繁华的地段了 然后另外一个被抓住的也是中国人 我就觉得更丢人了 于是我也没解释 赶快给了他驾照让他登记后 立刻离开 估计等一阵子会收到 罚单 一千左右 我想说 贴签证以后去 ANZ银行开account balance（账户余额） 证明我卡里有钱 再去了之前的车站 把那台售票机的序号写了下来 这样 收到信以后 就回信 给自己辩解一下 因为我一直都是按时买票的好公民 这样有点冤

然后 去了移民局 结果阿姨说 每天上午 九到十一点贴签证 当时心情更低落了

后来 就去ANZ银行开证明 本来前面有两个中国女生 那个意大利模样的阿姨起来说 next（下一个）时 她们俩推推让让的 谁都不要过去 估计她们刚来 英文不好都在等 中国的客服 她叫了好几下 然后我就过去了 金丝框眼镜意大利阿姨 无奈地看着我说 I have to learn Chinese now（我现在必须学习中文了） 我笑 后来我想到 最近被扣了两次 三十五元 透支费 就问她 能不能申请五百元那个担保金 她说那个只有澳洲绿卡才能申请 我说我递了申请但是没拿到 她说我帮你试试吧

填表格的时候 她说 I got a headache（我头疼） 我看了看

表说 getting there （快下班了）她看着我笑 填好表格以后 她看了我的账户的出入记录 说亲爱的 你怎么总是透支啊 这样可不行啊 后来填写我工作地方的时候 她说 哇 你在 这里工作 我去过这里 很喜欢那个官邸 而且东西特别好吃

后来我在申请表上签了字 刚准备走 阿姨忽然站起来 语重心长地对我说 Honey please please don't over draw anymore. You have been work so hard for the money...OK?（亲爱的，请不要再透支了。你这么努力工作就是为了钱……好吗？）

当时她看我的那个眼神 让我当场就觉得被治愈了 这一天的不开心都化解了 只是旁边的中国人都在往这边看

我和威廉说今天发生的事 威廉说 他们都在羡慕你 那个"欧巴桑"对你那么有爱 我说 他们可能只是在想 这个人到底欠了银行多少钱啊

出门以后 心情就好了 一个人去了日本料理店 要了一个套餐 还吃了 铜锣烧和抹茶冰激凌当甜点

后来又一个人 看了电影 不开心的都忘记了 只是晚上回家以后 看到车上的划痕 才又想起来 那些破事 马上就要忙起来了 好忐忑啊

国内的朋友们一定要 注意身体 预防流感 多吃VC泡腾片吧

[2009/10/3 a day without rain（雨过天晴）]

十一那天 一早就被小野叫醒 于是 和小野 J三个人 一起在电视上看阅兵 作为一个中国人的自豪感 油然而生

今天是中秋节 没有吃到月饼 本来说好去大龙家过中秋 他已经买好了月饼 结果临时有个婚礼 所以今天就工作了 从早上八点一直到晚上九点半 中途没有坐下 右腿走路的时候开始疼 虽然没吃到月饼 但是吃了 wedding cake（婚礼蛋糕）就相当于是 一样的吧

本来是很快乐的 节日加上最近遇到的人 每一天都很元气 本来刚刚上线看到妈妈 还说等一下给她电话 其间想到Ben和我说的 关于虐待 黑熊的新闻 然后就搜索了相关的信息 看的时候就觉得很难过

后来 给我妈打电话 她问你怎么声音不对劲 然后我给她讲 看到的关于 虐待黑熊的报道 不知道怎么的 后来就边讲边哭 我一想到那个熊的眼神就受不了了 在这里简单地向大家介绍一下 也同时呼吁大家 热爱动物 抵制非必要熊胆制品

这件事我是从 豆瓣活动 和Ben那里听说的 Ben说 他每次一想这个新闻就想哭

因为 熊胆有药用价值 可是如果杀一只熊只能取一次熊胆 于是中国一些地方私营的养熊场便开始一种很残忍的行为 活取熊胆

据说 活取熊胆时 熊所遭受的痛苦是你根本无法想象的 熊经常疼得叫得撕心裂肺 而且这种行为 每天一到三次 一连续就是几十年 于是有一些熊疯了 有一些熊痴呆了 一些熊疼得开始自残 掏自己腹部

这种痛苦根本不能忍受 为了防止熊自杀 那些丧心病狂的人 把它们关到很小的笼子里 使它们根本动弹不得 而且 人们相信 口渴会让它们产生更多胆汁 于是也不给它们喝水 动物保护协会开始拯救一些熊 被救回的熊 往往不到几天就死了 大家可以搜寻一些 相关的照片 那些场景 简直就是 触目惊心

现在 又难过又愤怒 怎么可以残忍到这种地步呢 为什么政府不出来管一管呢 如果 中国是唯一一个 取熊胆合法的国家 难道不能把熊的痛苦降到最低吗 不能找到熊胆的代替品吗 熊胆也不是什么灵丹妙药可以起死回生 为什么要做到惨绝人寰呢 我又想 如果熊胆 真的可以起死回生 人类就有权力如此虐待另外一种生物吗

可是在这里 讲得头头是道的我 不也是 吃牛肉猪肉 还有

鱼吗 这样算不算剥夺别的动物的生命呢 可是我又不想吃素

还有我是厨师 这样就更决定我要和肉禽打交道 尽管西餐的东西很干净 西餐厨师自己几乎不用杀动物 牛排 鱼排 鸡肉 来的时候都是整理好的 一块块的 让你感觉它们本身是那样的 根本想不到屠宰的过程 可是 今天这个新闻 让我这个井底之蛙 一下子看到了外面的世界 想到很多

不过也会想 狮子也吃斑马 老虎也吃鹿 鸟吃鱼 鱼吃虾 所以 所以人也能吃其他动物吧

可是 我觉得人不应该吃熊 吃兔子 吃狗 可是为什么 就觉得吃牛 吃猪 是可以接受的呢 难道它们不疼吗

现在 脑子里 乱乱的 这篇日志 条理一定很差

想来想去 还是愤怒 也有一些迷惑 不过有几件事我是想通了

· 我以后不会烹饪不是普遍被人们接受的食材 更不会吃

· 人类 如果对动物身上的东西有需求 要取之有道 尽量减少它们的痛苦 和没必要的浪费 特别是像 这样丧心病狂的事 根本不该发生

· 如果我知道 一个产品里 有熊胆 我一定不会使用 我还会在超市里 或者药店呼吁大家都别买

· 赚更多的钱 和Ben 领养一只熊

· 人类可以很美好很善良 也可以很凶狠残忍

[2009/10/14 大风车结束的时候 我刚刚不再看电视了]

按照歌词里的公式 修炼十年能在一起坐船 一百年能睡一宿 一千年能白首同心 这么说 十次419 就错过一场白头偕老啊 我之前修炼了多少年呢 娘子 你修炼了多少年

[2009/10/26 Ray－Ban 墨镜片上的雕刻]

想到什么 就说什么

工作方面和老板娘说 我做到圣诞以后就不做了 要搬到city 找份 别的工作 老板娘先是 愣了一下 然后说 Oh, I gonna miss you honey.（亲爱的，我会想你的。）

然后 她说谢谢你提前两个月给我notice（通知） 我说 嗯 本来20号就应该搬家了 不过圣诞那时候 我们最忙 所以会坚持到那以后 圣诞double pay（双倍工资）也很吸引我 而且 老板娘每年都给我礼物 之后一周过去了 我的老板娘又把之前和我一起工作的大厨 淘尼找了回来 我想 这和我的离开也有关系吧

有一天 我和淘尼在厨房里工作 我老板娘 可能喝多了 路过厨房时忽然进来 问我亲爱的你会不会想我 我当时有点蒙 不知道如何回答 停了一下 直视她点头说了 Indeed！（一定会

的！）再后来几天 还是上班的时候 我老板娘进来厨房 说她儿子（史蒂文 二十岁左右 帅）今天晚上会带女朋友过来 她要亲自做饭给他们吃 希腊沙拉 和 Thai chicken cake（泰国鸡肉蛋糕） 她 问我可不可以用我的工作区 我说 没问题 我看着我老板娘在那里看着食谱切菜的样子 鼻子有点酸 这个平时在有钱有权有势人面前 收放自如 谈笑风生的女人在厨房里做饭时 就有妈妈的感觉 然后我就想我妈在厨房给我做饭时的样子 然后就想哭 都是背影惹的祸

我本来不想让其他同事知道我要离开 不过 有天和爱丽丝聊天 告诉她了 结果这个女人就像大喇叭一样 高喊 安东尼要走了 你们知道吗 于是经理 女服务员们都知道了 她说怎么淘尼刚回来 你又要走 I am so sad.（我很难过。） 她说 那以后谁帮我偷吃的啊 我就在想 我哪有帮你偷吃的 明明是你偷吃的时候我装作看不见而已

Emma 过来就给我来了一根中指 说我恨你 窘说How can you leave me like this?（你怎么能就这样离开我？） 我就又窘了 我说我之前不是有说过 考虑去city吗 她说哪有 我就接不上话了 装作忙自己的事 后来她来厨房说 I love you 当时我觉得我又脸红了 她问我 I love you 中文怎么说 我当时超尴尬 然后我就说 你人不错 然后 她就很别扭地 和我说 你忍不糙（你人

不错）

其实我也很舍不得吧 我觉得在官邸工作 不像是社会上的工作 更多的是像一个家 尽管也会被老板娘厨师骂 同事之间也有流言蜚语 但是还是很有爱 和关照的

说说小野 我个人觉得处女座的人 真的很有人品 又靠谱

有一次 我们俩上街 看到街边有一人弹琴 是《卡农》 当时我就很感动 拿出两块钱 说你帮我给他 小野问你怎么不自己去 我说 我不好意思

还有一次 街上有支持同性恋签名的 我和小野说 你去签一个

他最近在考试 因为是结业考试 所以压力很大 整天面无血色 精神恍惚 希望他能考好吧 顺利通过

说说 那辆车

现在还没有卖出去 不过我妈妈看到那个车的广告 立刻联系我 问我是不是没有钱了 连车都要卖 说她看了那广告心疼 下周就和爸爸给我汇钱

弄得我觉得 卖车就是苦肉计呢

说说我

因为最近在 频繁地 找工作 所以经常穿正装面试 有一天去 Hugo Boss（雨果博斯）买衬衣 那天下午有个面试 于是穿着正装 二楼店里很少人 就一个服务员 后来他可能去找东西了吧 就剩下我和一个business man（商人） 然后那个男人就和我说 你拿下那个衣服我看看 我明明知道他把我当成服务员了 还很狗腿地去拿了递给他 我觉得hospitality（殷勤好客）的精神已经融入我的血液里了……

绘本是一本 关于 喜欢 生活 旅行 的书 很随意 比一般绘本文字比重要多很多

我在我家院子里发现了 一棵四叶草 嘿

[2009/11/3 今天晚上吃什么]

大厨淘尼 昨天给我打电话说让我今天九点上班 有一个临时的BBQ 午餐 因为 他要给老板娘准备出书的菜谱 所以让我去“驾驭”一下 他会帮助我

因为 昨晚十二点 带全家去爬山 凌晨两点才睡 所以很困

八点四十五分的闹钟响 被我按死 继续睡 八点五十分手机响

Tony：Anthony，are you on the way to work?（安东尼，你在上班的路上吗？）

Anthony：Yes.(我是个骗子）

Tony：Get some oranges and strawberry at Colse if you can.（如果可以的话，在Colse买一些橙子和草莓。）

Anthony：OK ... So pineapple and orange?（好的……菠萝和橘子？）

Tony: You still in bed right?（你还在床上吧？）

Anthony：……（被拆穿 窘）

下午下班 收到妈妈短信说 儿子 爸爸已经把钱汇过去了 然后我就给爸爸打电话

我：爸爸 你是不是给我汇钱了 已经

爹：对啊 这么快就到了

我：没到 收到妈妈短信了 不用寄那么多啊 我不是说×万就够了吗

爹：怕你不够用啊

我：嗯 谢谢爸爸

爹：不客气

我：嗯 注意身体 有事我再给你电话吧 拜拜

爹：拜拜

（后四句 是不是气氛很怪）

[2009/11/2 小姑娘和里昂说 我想我爱上你了 然后她摸着胃的地方说这里感觉到]

有 “大号”时 阅读强迫症 之前洗手间和浴室一体 经常抓一瓶洗发水或者乳液来读 现在 卫浴分开 我可以把厕所空气清新剂说明 倒背如流

[2009/11/7 Getting into a bunny mood. Gnite.（进入兔子模式 晚安）]

送给我 身处冬天的朋友

冬天就这样来了 其实冬天也有很多好的部分 比如热的咖啡奶茶 天然的不出门的借口 像动物一样睡觉 冬天的时候要记得拥抱 张开双臂 让心与心贴紧 那个温度 会帮助你坚持到春天到来 Have fun，be silly & keep warm.（玩得开心 放轻松做自己 注意保暖）

想与你们一起的 安东尼 上

[2009/11/10 蹲椅子上 看YouTube 反复重复]

上善若水

关于洗澡的回忆不清楚要从哪里开始 说起

最早的印象已经模糊 似乎只是一个脸盆 温水 然后有母亲手掌的温度和触感 面带微笑的画面和每次她用手掌捧水时一下下 哗啦哗啦的声音

再大一点的时候印象就稍微清楚些 可能是幼儿园的时候吧 天气暖和的季节我们就在家里洗 那时候我不清楚为什么渐渐我妈就不给我洗澡了 我爸蹲在 狭小的厕所里给我搓澡 不好的地方就是他搓起来一点儿也不舒服 手掌很粗糙 好处就是 每次洗澡都变得很快 而且 只要我一说疼他就简单搓一搓换了别的地方

冬天的时候 就不能在家里洗澡了 很容易感冒 于是我们去春柳浴池 现在还能记清那个浴池外面是黄色的 很大 气派得很 一楼是浴池 二楼是休息的地方 感觉上浴池里没有一个地方是干的 进去的时候要买绿色的门票 我一直觉得那个锁头大得有点夸张 浴池里有各种各样的男人 文身的身上有大龙盘旋 身上有疤痕的并不在意 神情安然自若 大腹便便的 瘦骨嶙

晌的 每一个人都表情很安逸的样子 浴池里有一个 大池子 很多人都在里面泡 我妈妈说那里脏 有传染病 所以感觉上我似乎没在里面泡过 不过有印象的是那个池子上面 正对着一个天井 天井很高 是四方的 玻璃不是很清楚 上面还长着草 浴池里一直是烟雾缭绕的 洗干净以后我爸都要去二楼喝茶（有的时候 我们的箱子也在二楼）二楼有一张一张一字排开的黑色椅子 很多老人躺在那里休息 有一些人在修脚修指甲 有天南地北方言的声音 有收音机里京剧的声音 我爸总会把浴巾铺在椅子上以后才把我抱上去 然后用毛巾帮我擦干 给我穿棉裤 一般来说 我和爸爸下楼以后 我妈也不会出来 女人洗澡总是很慢 这时候 我爸就会去门口给我买一个烤地瓜 我妈出来以后我爸也不埋怨 只是温柔地笑 递给我妈一个地瓜 妈妈会从包里拿出还是湿的毛巾 沾沾唾沫给我擦脸 说 刚洗完就又弄脏 然后我和爸爸妈妈一起回家觉得很快乐

再之后 家里条件慢慢变好 搬了新家 家里有了热水器也有了浴霸 不过偶尔我们也去外面洗澡 只是从浴池变成了高档的洗浴中心 洗浴中心很干爽 而且东西一应俱全 不用像小时候洗澡那样带很多东西 脱下来的衣服也有人帮你挂好 有休息的地方 什么玉石房 土炕房 玛瑙房 洗浴中心很舒适 但是我却对它没有什么印象和好感 总觉得 把洗澡变成了什么别的东西 真正的乐趣不在了

上大学的时候 老校区没有澡堂 我和欧文都是去旁边的体育中心洗澡 那时候我刚学会骑自行车 和欧文一前一后的几乎每天下午都去 因为我们不是体育中心的会员 所以没有自己的箱子 就把衣服脱下放到一起 淋浴室无比的大 而且天棚有两层楼那么高 浴室本身没有玻璃 天棚是透明的 有的时候阴天下雨 这边用脚踩着淋浴哗哗地淋着热水 上面天棚也是噼里啪啦地冲着水 加上欧文动不动就要高歌一曲 说等哪天他红了就再也没有机会为我一个人办演唱会了 所以让我珍惜 我说屁 你和红之间的距离 容得下一个宇宙 然后他就哈哈笑 说你太恶毒 然后唱《两只蝴蝶》来 折磨我 我只好站到淋浴下假装听不到

在澳洲洗过一次温泉 那时候是阴天 但是小小的温泉里有很多人 小心翼翼地不要进入别人的个人空间 山腰的小屋子是桑拿房 和大龙进去以后 里面坐着欧洲来的大叔和大妈对我们喊快关门 其间有男服务生进来往炉子上加一种精油 我好奇地吸鼻子 戴着夸张金项链的大妈给我解释说 那个是松树油对呼吸道有帮助 又过了一会儿 大叔突然问我们俩 去没去那个凉水池冰一下 我们俩说没 然后大叔就一个劲儿鼓动我们俩去 大龙离他们近 于是先去了 大家都探着头在桑拿房里看他我那个角度看不到 只听到大叔笑得爽朗说 哈哈 他怕啦 等一会儿大龙回来浑身哆嗦说 冻死了 我爱面子 知道大家也会盯

着我 所以推开门一路小跑 扑通一下子就跳了进去 其实没有我想的那么冰 但是温差变化巨大 探出头后 不由自主地深呼吸

去日本的时候 因为住的是很简陋的客栈 晚上找当地的浴室洗澡 客栈老板很热情地给我画图 告诉我怎么走 大概走了二十分钟迷路了 遇到对面走来学生模样的男生 用英语问他 他的英语很一般 不过人很热情 动作和表情都很夸张的样子 英语不成句子 两个人点头哈腰地夹杂着日文英文聊天 原来是大学生 晚上刚放学回来 他说浴池就在他家那里 要带我过去 分别的时候和他说谢谢 他很不好意思的样子说 再见再见 那个浴池有点像我小时候的浴池 来洗澡的人似乎彼此都认识 有一句没一句地聊天 晚上回去的时候 在便利店买了牛奶 春风吹过还是湿着的头发 樱花还没有开

后来和小茧在山上泡了露天温泉 是硫磺泉 小镇偏僻所以男生这边只有三个人 整个温泉在山上 露天的 四周有竹子砌成的不高的围墙 淋浴以后坐了进去 池水清澈 但是温度很高 所以烟雾缭绕 和对面的人一起也不觉得尴尬 对面山上 有一片樱花树 樱花没有开放 枝头有一点点粉红 这时候下起雨来 小雨不急 雨水淅淅沥沥地打在肩头 对面的雨被风吹得如烟一样 在山间飘荡 闭上眼睛以后 觉得身体内有什么坚硬的东西 融化了

老子在《道德经》里说 上善若水 意思是说水滋养万物生命 它使万物得到它的利益 而不与万物争利 故天下最大的善性莫如水

其实每次洗澡的时候 不仅仅是洗去了污垢吧 也洗走了疲劳 和铅华 或者也清洁了某些心灵层面的东西 所以才有之后的 整装待发 或者 重新开始的感觉

[2009/11/14 长假要 结束了 好惆怅]

和小野买了盒跑山鸡蛋 其中一个鸡蛋破了 我就在想 那个鸡蛋会被谁吃 随着鸡蛋减少 变得紧张起来 今天开 冰箱一看 哇 被小野吃啦 舒坦

[2009/11/15 总是觉得洗不干净的饭盒]

远雷说 有九种感觉你才真的在恋爱 生理上的性冲动 美丽的感觉 亲爱的感觉 羡慕及尊敬的感觉 赞许的爱情 受到尊重的自尊 占有欲 行动自由 深重的同情心

我一想 比七龙珠还难攒

[2009/11/16 Dear honey，it is all about timing（亲爱的亲爱的，一切都与时机有关）]

最近 读了大剑的《荼蘼肆野》 是关于感情的故事 可以看到恋爱中的模样 记得最清的是 一处对话

她忽然笑了，问我："你为什么喜欢男人？"

我答："因为第一个喜欢我的是个男人。"

感情的事总是很难说清 自己一个人太久了 就会怀疑自己是不是真的哪里不好 或者人格有问题 所以人家都成双结对自己还是孤家寡人 好的 恋情是什么样子 我觉得可能是 当你和他在一起时 看到的不是自己的丑陋 而是 自己的好

[2009/11/17 *Sometimes I Wonder*（《有时候我在想》）]

连续三天 睡觉以前 看英国的《动物世界》 新几内亚岛上生活着二十多种形态各异的 极乐鸟 它们在雨季过后便活跃起来 不厌其烦地 欢快地清理着它们的舞台 飞来飞去地衔起来一些树叶 或者叼起木棍来擦拭地表岩石 等一切就位的时候它站定在舞台中央 开始优雅地翩翩起舞 这么美丽的舞蹈就在

从林里静静地开始 又无声无息地结束 伦敦腔的画外音响起“如同我们人类一样，它们不仅仅是存在而已，它们也意识到自己的存在。”

我觉得有的时候 人类还不如动物 我们只是存在而已 并没有意识到自己的存在

[2009/11/18 sunlight mark（日光标记）]

亲爱的不二 抱着你睡觉的时候也不觉得彻底地拥有你

总觉得我醒来的时候你就会消失不见 日光在你睡过的地方停留 留下明亮的光斑

记不清 悉尼歌剧院 能记住 半夜的港口你说冷的时候 我解开扣子把你搂在怀里以后 你发梢的味道和你身体慢慢蔓延开来的温度

记不清 北京故宫博物院 能记住 你一边开车一边找车位时探出脖子的俏皮表情和我们在车里分享的 一条茉莉花口味的口香糖

记不清 上野公园 樱花飘落的情景 能记住 一起在樱花树下走过 小心翼翼挑选话题 控制和你前后距离的微妙感受

记不住 我们一次次旅行时火车的终点站 能记住我们偶

尔对视 间或牵手却没有任何对白的安静时刻

记不住一次次 飞行时的目的地 能记住一次次支撑我去找你的坚定心情

所以啊 我就在想 人生 之所以珍贵 说不定 不是我们去过的 一个又一个 精彩华丽的 旅游胜地 而是 旅途之中 寂寞 无聊 不可打发的时间里 有你陪伴吧

[2009/11/19 祝我 × ×顺利好了]

妈妈

忘记那天是怎样心血来潮 和我妈在打越洋电话的时候忽然说 下次专栏想写写你 妈停了下 然后说 有啥好写的 听起来有点不好意思 我说 还不清楚 不过你等着看就好 然后 她说好 我等着 听起来开心的样子

我拿着笔在图书馆 不知道要怎样下手 想过用写信的方式 那样会比较适合我表达情感 想过用带入方式 比如名叫《像妈妈那样过一天》 这样可能比较有趣 而且帮助读者换位思考 可是想来想去 感觉都不对

后来我想 干脆把这些笔记上想到的点点滴滴都放到一起

好了 不在意人称的统一 事情的大小 和时间顺序 就这样随便写写 我能想起来 关于妈妈的事

我记事以后 大部分人都不叫妈妈名字 他们有时候叫她亮亮他妈 有的时候叫她 克臣他媳妇 我更喜欢他们叫我妈妈小孔 听起来年轻

我妈妈是教师 之前是班主任 后来教写字 妈妈的钢笔字和书法写得都很漂亮 不过我的字写得很丑 上次柯艾公司在北京活动的时候 我们在板子上签名 被读者传到了网上 我回大连以后 我妈说 你字写得太难看了 吃了晚饭以后 她就握着我的手 教我怎么写 安东尼的签名（不过 练到最后 她也放弃了说 你签英文名字好了）

我妈好像一直把我吃饭 当成很重要的事 她从来不随便糊弄 一般每顿都有两菜一汤 每次我吃不完她就生气 我们俩一起吃饭像打架一样 后来她发现我 吃饭从来不添饭 但是只要是自己碗里的就会吃到一粒不剩 她就买了一个巴掌那么大口的碗 后来我大学去沈阳 每次回学校的时候 妈妈肯定包饺子 无论她有多忙 而且还装一盒 让我带到学校 我嫌有味而且怕洒 就死活不拿 她就很生气又很失落（不过 每次我回到寝室以后 就后悔 要是带了那盒饺子就好了） 后来出国了 妈妈每次打电话都要问 今天吃了什么啊

我爸爸经常说 他年轻的时候如何如何 我妈妈很少说 她只是经常和别人说 我儿子小的时候 怎样怎样

我在家里放音乐 我妈就受不了 说听了心烦 可是每天早上做早饭的时候 她就把广播调得很大声 听早间新闻 我早上一听广播的声音就 一肚子火又不敢发作

我刚出书的时候 我妈说我不务正业 让我好好学习 后来书出了一阵子 我爸单位有些人买了这本书来看 我妈知道以后不放心我写了些什么 于是她也把书看了一遍 然后 她留言给我说 写得很好 她很喜欢 后来每一期专栏她都会看 有一天在我MSN Space 密密麻麻的读者留言里 看到她的留言 短短的一行字 她说 我也是你的粉丝 我会一直支持你 当时觉得有点肉麻 又有点感动

我妈对我的要求一直不是很严格 她以前一直说 人品第一 体格第二 学习第三 高考的时候 同学们都会开夜车 一般来说家长看到不是都很欣慰吗 我妈就不 她要求我晚上十一点必须睡觉 我记得有一次我作业很多写到凌晨一点还没写完 然后我就开台灯用毛巾盖在上面 偷偷写作业 结果我妈晚上起来上厕所时看到我房间有光 她推开门 让我立刻睡觉 我说我还要写点 她穿着内裤背心站在门口说 你不上床我就不回去 后来我出国了 我妈对我的要求变了 她说 身体第一 人品第二 学习

第三 我问她怎么人品不重要啦 她说 你不在我身边我照顾不了你 所以希望你好好照顾自己 至于人品 以后你回国了 我还可以慢慢调教

我每次缺钱的时候 打电话回家要钱 我妈妈总是说我花钱大手大脚 把我教育一番 可是每次汇到账户里的钱 都比我要的多

我妈妈长得比别的同学的妈妈看起来老 她也不化妆 她头发白得很早 可是她又不去染 她说染头对身体不好 我很喜欢她那种自信 不过不知道为什么 我给她买的东西她似乎都不怎么用 去年年底给她买的雅诗兰黛的精华 今年十一回家发现还是满满一瓶 我问你怎么不用 她说太贵 她舍不得

妈妈的手 比别人妈妈的手都好看 很柔嫩又温暖 小的时候拉着我去幼儿园 长个子的时候她学了一种按摩方法 帮我按摩屁股到脖子这条骨头 说是能长很高 哭的时候帮我擦眼泪 我困了抱着我睡 成功的时候为我鼓掌 十一回国的时候 我们上街 我拉着她的手 她开始有点不好意思 后来我使劲拽着她 她也随了我 让我觉得欣慰的是妈妈的手一直没有变老 我给她买了一小瓶就要六百的护手霜 我说你一定要天天用 不要舍不得

我和我妈打电话的时候 她一般就两件事 一个是吃了什

么 再就是最近好吗 一般我都草草答复 问她好不好 她永远都说好 让我放心 这期间包括 有一次她做手术 有一次爸爸生病住院 不过那些都是我后来才知道的 我想 是不是妈妈嘴里的好 是条件反射 也许她也不是特意来安慰我 只是 本能地就说自己很好 让我别担心 就好像 有好吃的 她都留给我和爸爸 自己不吃 也许有那么一种什么反射 如果是妈妈的话 会觉得那东西不吃也没什么

我妈妈很少在自己身上乱花钱 最好的一件衣服可能就是爸爸给她买的 羊绒衫 后来我家进来小偷 那衣服被人偷走了 她难过了很久 不过给爸爸买裘皮的时候她连眼睛都没眨 这次我回国的时候和妈妈说 我准备贷款买房子 我妈就打车陪我去看房子 她知道我看上了那个精装海景房 就支持我买 帮我付了首付 我说每个月还四千压力好大 她就很有大将风度地说 这些钱以后你都能赚回来 实在不行还有爸爸妈妈帮你呢

姥姥在我没出生时就去世了 妈妈很坚强她说那时候很难过 可是都没怎么哭 现在回想起来 那时候妈妈是很少哭 不过我觉得现在妈妈越来越容易哭了 我出国的时候她就哭了 听说我出车祸的时候她也哭了 她有时候在我面前 讲姥姥的事也哭了

我妈省吃俭用 可是 大学时我们一个年级的同学得了白

血病 我们捐钱 我问我妈可不可以多捐点 结果后来我是我班捐得最多的

之前大学毕业时 我们全院大概三百人合影 人都很小 站了六排 尽管用了大的相纸打印还是看不清脸 我爸找不到我 我妈却一眼就看出来了 这次回国 我妈找一个电话号码 死活看不清 说亮亮你帮妈妈读读上面写的什么

我妈和爸爸 上次来墨尔本的时候 只匆匆地玩了一周不到 因为我那时候特别忙照顾不了他们 当时还希望他们早点回去 后来在机场的时候 有很多老外 我妈非要和我合影 我装酷说在机场照相太丢人 我给你和爸爸照好了 我爸也不配合说没啥好照的 后来我妈就和我发火了 我被逼得不行 只好找老外给我们拍照 照相的时候我板着脸 妈妈在笑

我小的时候 觉得妈妈什么都不知道 可是那时候她什么都要管 现在我长大了 觉得妈妈说的很多话都有道理 可是我现在问她要不要这么做 或者那么做好不好的时候 妈妈就说我老了 跟不上时代了 你怎么想就怎么做吧 妈妈相信你

写来写去 发现这次的专栏 超字了 其实关于妈妈的事还能写很多 我想妈妈一定是希望我好的吧 她必定看不惯我这般宅的状态吧 她必定看不惯我一天只吃一顿饭 极端颠倒的混乱生活吧 她必定看不惯我这般潦草地对待自己吧

百度百科说 妈妈这个角色 并不是每个女人都能当的 我觉得妈妈是演的一个悲剧的角色 最令人难过的点 不是她有多吃苦 给予了多少不求回报的爱 最让人觉得难过的是 她一直把这个角色当喜剧演

她说 只要你好 妈妈就开心了

妈 你现在好吗 爸爸出差了 你又是一个人在家吧 大连又开始冷了 暖气还没来的话 你就开空调好了 有的时候我会想我和爸爸都不在家 过冬的白菜要谁帮你搬 我知道你这个学期又当班主任了 一定很辛苦吧 你有没有好好吃饭呢 你身体到底有没有不舒服啊

妈妈 当你儿子 真的是太好了

[2009/11/21 牛奶泡饼干 泡桃酥 想吃]

给师傅打电话 问 你哪儿去了

师傅说 我去做手术了 大手术

我 你没事吧

师傅 割了痔疮

我 哦（松了口气）

师傅说 徒徒 我跟你说 一定要保持那里的卫生和干爽 太遭罪了 那阵子 我每次大便都号啕大哭

我 嗯……哇 哈哈哈

安得广厦千万间，大庇天下寒士俱欢颜。

杜甫《茅屋为秋风所破歌》

应该把杜甫送去当市长 解决人民住房问题

[2009/11/22　亲爱的 我们都会一天天 变老 然后死掉多好]

因为小野烤了香肠 我心血来潮用微波炉煮粥 小野说你用电饭锅啊 我说懒得洗 我问你要不 他说不要 肯定不熟 我说屁 我可是职业厨师 不要质疑我 结果真的没熟 他说没熟你就别吃了 我说熟了啊（睁眼说瞎话）后来我们边吃饭边看《24小时》 为了证明熟了且很好吃 吃了一盒夹生米饭 嗯

[2009/11/27　一个夏天 只穿了一条牛仔裤]

因为要考试 加上绘本要交稿 所以我请了三周假 今天第一天回去工作

按说 我很期待回去工作 因为我手上没钱啦 而一天工资两百的话 做十天就能买台 苹果笔记本了

淘尼是我大厨 平时嘚嘚嘚嘚的 嘴不停 念这个 念那个的 但是人不坏而且工作蛮认真的 我觉得他还不错 之前我老板娘把淘尼辞退了 不过过了半年 因为我们现在开始忙了 我也要离开了 所以 又把他请回来了 请回来之前 老板娘 问我 安东尼 你觉得把淘尼叫回来怎么样

我说 我不在乎啊 反正我圣诞以后就不在这里做了 不管哪个厨师来 我都无所谓 只要他好好干活 让你多赚钱就好

老板娘 上来 抱住了我

Oh, sunshine（哦，小太阳） 她说

淘尼回来也一段时间了 我们一起工作得还好 他时不时和我说 老板娘 和经理坏话 我就闭上嘴笑一笑

今天第一天回去工作 晚上是二十四个人的生日晚会 四道菜 甜点我们不用准备 客人自己有生日蛋糕

从早上九点 工作到晚上十一点 主菜上了以后 淘尼就和我说 他要回家了 问我能不能一个人 切生日蛋糕 然后装盘 我说好的

然后他就走了（结果是出去 喝啤酒了 因为今天很热）

晚上九点的时候 我看了下 running sheet（流程单） 甜点是九点半开始 然后我就把他们的生日蛋糕拿出来 准备切了 生日蛋糕外面有一圈 巧克力 切的时候要拿掉

淘尼喝完酒 进来准备拿东西回家 他看到我在弄蛋糕 就问我 明天想什么时候上班 正在这个时候 我们前台的经理 进来了 我正在清理外面那圈巧克力 她说 啊 安东尼 那个蛋糕客人还没切呢（来我们官邸主要是结婚的 很少切生日蛋糕 一般 婚礼的蛋糕 就 按照 running sheet 前半个小时左右 切 然后装盘 生日蛋糕一般就放到 大厅里 主菜之后 客人会切一下 然后送到厨房的冰箱 不过因为今天实在太热了 客人怕巧克力蛋糕化了 所以就放冰箱里 准备切的时候再拿出去 不过没有人告诉我 而且 大厨淘尼也没嘱咐我）

我经理 话音刚落 淘尼就像发疯了一样 对我吼 说我笨 F××× word 也上了 厨房里很多人 都听到了 然后我就说 你要先走 留给我一个人弄 不说 关键是 你也没告诉我 我怎么知道

然后 他又是一个 F××× word 我们俩就自己干自己的了（我吵架的时候 很弱 也不喜欢辩护）

其实吧他骂我 我也没啥 后来他可能也想通了 就过来和

我说 简单收拾收拾就回家吧 明天你想几点上班 我说九点 他说好 然后说 谢谢就走了

有趣的来了

然后 经理把切好的蛋糕拿进来 和我说 现在你可以切了 亲爱的 然后 对我眨眼一笑

后来 洗碗的意大利大妈 日娃卡 也过来安慰我 说别生气 淘尼是个蠢货

切了蛋糕以后 为了补偿 我自己做了些 巧克力的装饰 插在每个盘子上

弄好了以后 我开始收拾 这时候 老板娘来了

她问 亲爱的 你咋了

我说 我没事啊

她说 我听新狄说 淘尼骂你了

我说 哦 不要紧

老板娘 拽着我 进了冷库

不行 你来 我们俩得开个会

后来在冷库里 我给她 解释了一遍事情的缘由

老板娘说 这不是你的错 也没人告诉你 他不该骂你 不过你下次切之前 要看看 那个生日蛋糕有没有切的痕迹 如果客人还没动 你应该问问经理的

我点头说 嗯 对

不过 老板娘补了一句 就算是你错了 也轮不到他来骂你 咱们这里 只有我能骂你

说完之后 上来抱了抱我 当时我就窘在那里了 心想 大厨骂小厨不是天经地义的吗厨房里不一直这样吗

唉 明天还要工作 洗洗睡了

P.S.淘尼也没那么坏啦 有的时候对我也挺好的 而且 一开始我工作的时候 语言不好 他也不厌其烦地教我 他这个人就是脾气不好 而且嘴不好

我也没事啦 工作上的事 我都不往心里去的 不过 以后也要长点眼力见 才是

[2009/12/1 走路 越来越像 李倬屹]

今天给妈妈打电话 妈说 她和爸爸昨天参加同事孩子的婚礼 今天 一大早爸就起来用电脑 结果她刚刚看到 word文档里 我爸给我写的东西 妈说 他是这样写的

今天是×××和我儿子的婚礼

[2009/12/8 *Where the Wild Things Are*（野兽家园）]

今天晚上 来小屹家睡 自从准备搬家以来 我发现 我的床越来越不舒服了 于是想好好地睡一觉的话 就要来小屹家

打电话给小屹 他说要和阿尹去理发 然后 我就一个人 来到city新家 收拾了一下房间 去crown 看了场电影

在crown大厅和 Dave发短信 我说坐在这个超舒服的沙发里 华丽的大厅一角 觉得自己像有钱人 他说 我懂

然后 就去排队买电影票 忘记了这是我第一次一个人看电影了 原来这个也会上瘾 排队要看 *Where the Wild Things Are* 之前说好 和JJ一起看的 我们俩老排不到一起 买票的时候窗口里的女生和我确认说 晚上九点十分的 我说 不是有场八点的吗 她说 那个是 Golden club（黄金俱乐部） 我说 就那个好了 她看我的眼神好像是说 really?（确定吗？） 我不知道怎么回事 她说那个票价$30 我问 没有学生票吗 她说没有 我说就那个吧 因为时间适合我 那个女生说 You got love it "there are food and drink" very large seat.（你一定会喜欢它，"有食物和饮料"的超大座位。）

我一想 还有吃的啊 这个钱花得值

穿过金黄色的大门 和走廊 推开门我就 惊了 有个西装笔

挺的服务员上来 收了我的票 然后他问我之前来过吗 我说没 他说好 Lisa 会给你介绍的 然后 就出来一个女生 她和我说跟我来 我们来到一个沙发旁边 她递给我一个 点餐单 我一看原来点餐要额外花钱的 可是我提前一个小时进来 加上 旁边沙发上的人 都是成双成对的 我一个人 坐在那里太尴尬了 于是我就要了一盘 意大利面

半个小时以后 金黄色的 club（俱乐部）里 就出现了这样的场景

穿着华丽的 一对对老外在喝着红酒谈情 一个亚洲男生穿着运动服 闷着头 大口吃意大利面

电影开始了 Lisa过来说 先生 电影开始了 让我来带你去吧 进去了电影院 一看 也太浪费空间了 整个电影院 才六十个座位不到 沙发有点像飞机商务舱的感觉 Lisa帮我演示了一下 那个椅子怎么用 忽然 就跪在一旁 问我要点什么酒水 我本来不想要什么喝的 她那么一跪 我就垮了 说来杯热巧克力吧（快快请起） 电影开始了 我发现大家看电影时点东西 服务员 都用跪的

电影很好看

有的时候我在想 是不是 每个小孩 有一天会哭 那个眼泪不再是 kid's tears（孩子的眼泪） 而是 grown up tears（长大后的眼泪） 然后 他就知道自己再也不是一个孩子了 就离开了

之前生活的地方

也会想 是不是 每个小孩 都会被父母说 What's wrong with you（你怎么了） 然后孩子都会逃跑 然后 他会遇到另外一些孩子 孩子们一起生活的话 快乐啊 愤怒啊 嫉妒啊 恨啊 爱啊 都会变得很纯粹 不过太纯粹的东西就不牢靠 也不知道要去哪里 于是 孩子就要学会 一个“缺点” 这样 他就有了成为大人的资本 然后 他就不再和那些孩子玩了 他会离开那里

看到后面就哭了 脑袋里 想象着 男孩走了以后 暴力怪物 和 长头发怪物说 不要紧哦 他带走的那个“缺点” 是假的 然后两个人 笑了起来

看了电影以后 就很想跑 想大声叫

[2009/12/11 把你的脸颊 靠在我的胳膊上 即使是夏天]

写东西进入状态以后 就是一种难以言喻的混沌模式

有的时候 脑子转得飞快 有一些 平时想不到 或者 根本不沾边的东西 故事情节 就会出现

然后 是漫长的呆滞期 体现在动作变慢 效率变低 经常听不到别人说话 目光呆滞 对话难以进行

写了一个 又一个故事 发给朋友看 有的朋友立刻回复说过几天给你回复 要静下心读 然后 过几天写了长长的短信 说很舒服

有的朋友 安慰我 要注意身体 从文案里 复制粘贴 一部分说 最喜欢这里了

有的朋友说 成了 赢了

有的朋友 开始问我一些问题

还有一些朋友 帮我改了错字 指出人称的错误

对不起 我现在 又有一点停滞了 有点表达不清

总之 谢谢朋友 你们一直支持 不离不弃

可能因为 我最近 是写作模式 所以特别反常 有的时候 你们的一句话 不管是鼓励 还是指正 都让我 感动得要流泪了

可不可以 一个一个 紧紧“熊抱” 抱到最后一刻

当你看到这个日志的时候 不用怀疑 我说的就是你

因为 是混沌模式 打工的时候 脑子也不转 整个是空白的 昨天晚上写到三点 今天八点开始上班 到晚上十点 工作的时候像 梦游一样 左手切了一刀 右手切了两刀

service（上菜）的时候 又把鱼的沙司放到了鸡上 很多次走进厨房 站在那里很久 然后想 唉 我来这里干吗 今天又被淘

尼骂了 不过我觉得真的是我不好 没有好好完成任务 和淘尼说 对不起 我说我实在太累了 脑子根本不转了 我说我不是偷懒 要不 换别人来做 他说不行 最近这么忙 一下找不到新人

晚上回家 已经是凌晨一点了 上线写了 编辑发来的杂志上的人物 去泡热水澡 刚放松下来 忽然想起来 deep fry（油炸锅）没关 然后跳出浴池 给老板打电话 已经是凌晨了 幸好老板没睡 我说deep fry没关好像 她说她去看看 过了一阵子 她给我回电话说 你已经关好了啊 她说 亲爱的 你累疯了吧 快去睡吧 明天 又要工作 十多个小时

希望 文案能保持现在这个质量 按时完成

希望 工作顺顺利利 不要让我 mess up（搞砸）

过了圣诞 就都好了

晚安了 大家

[2009/12/20 小野的眼镜让我晕]

从前 有个男生 他的女朋友死了 出车祸的那天傍晚 他们依旧在桥上约会 夕阳美得好像电影里的场景 她穿着白上衣蓝裙子的女生制服 她是班级里 少数几个 在校外也会穿制服的

女生 说的最后一句话是 我走啦 晚上给你电话

后来就出了车祸

双方父母都很悲痛 也很担心男生经受不起这个挫折 男孩参加了她的葬礼 没有大哭大闹 过了两天 就回到学校了 他穿着女生的制服

父母觉得 这比他大哭大闹还让人担心 觉得他精神出了问题 朋友也很担心他 迷惑不解 他为什么要这么做

他很认真地 一脸干净的表情说 走的时候连再见都没有说 要怎么办呢

她最喜欢穿校服了 总觉得 这样才能活下去 还有什么办法呢

男生长得很干净 加上因为怀念女友而穿女生制服上学这件事 更是得到学校很多女生的青睐 可是他仍旧 独来独往

傍晚的时候 他坐到桥上 就像之前一样 眼泪模糊眼眶的时候 隐隐约约 看到 对岸的她 她在那边 笑靥如花 和他招手

晚上做梦 女生推开房门 来到他房间 俯下身子吻了他

她说 如果没有好好分别的话 果然不舍得离开呢 你一直都那么温柔 去了哪里都不会忘记你

只是 你要幸福啊 不要做 穿女生制服上学 那样的傻事了

她调皮地笑 笑容里有一丝怜惜

男生抱住她 狠狠地点头 想说什么 却发不出任何声音

早上起来的时候 那一套制服就没了……

安东尼 改编自吉本芭娜娜

[2009/12/22 粗糙圆润的 小脚趾]

好像每年这个时候都要搬家 多多少少有点厌倦 可是 也有对新生活的期待 这次要搬去 Melbourne 离开 Sunbury这个民风淳朴 地广人稀的地方 开始 sex and the city

搬家的时候 能舍弃的 不能舍弃的 重要的 不再重要的 就一目了然

用过几次的加湿器扔了

和小狗吵架时 跳到水池 脚被玻璃弄伤 捡回来的衬衣扔掉了

之前 每天都要用到 不离手Sunbury的列车时刻表扔掉了

上千的电子词典扔掉了

穿了几次的T恤 扔掉了

已经坏掉的东京塔纪念钥匙扣留了下来
你戴了好几年已经褪色的一段红绳子留下来
两年前和你一起去看的 演唱会门票留了下来

有些东西 你只是觉得它重要而已 其实扔了也没什么
有些东西 某一段时间 对你很重要 过了那阵子 该扔了就扔了吧
有些东西 你知道 就算扔掉了 它的痕迹扔不掉 所以就一直带着

亲爱的 不二 我们又要开始新的生活啦
意气风发 意气风发

[2009/12/25 再见 谢谢你]

今天是在官邸工作的最后一天 我已经搬家去city了 24号晚上早早地睡了 给车子加好了油 选好明天要听的CD

清晨五点开着GPS（全球定位系统）从city 出发 到了Mansion 淘尼已经在那里工作了 他说 Hey sunshine Merry Xmas.（嘿，小太阳，圣诞快乐。） 他说今天是你最后一天在这里工作了 我有礼物送给你 我打开盒子 里面是一双很贵的德国造的厨师鞋子 淘尼和我说 这个鞋子很舒适 因为鞋底的特殊设计 即使站久了也不会累 而且防滑 这样工作起来很安全 因为厨房有的时候地上有油 他还说 我特意买了大一号的 这样 如果烫伤的时候 你一甩就可以把鞋子脱掉 我很感动 我说 我也有礼物给你

我在David Jones 地下给他买了一套T2的英式早茶套装 因为我和淘尼工作的时候 每次早上来的时候 他都会问我 How about start with a cup of tea?（先喝杯茶怎么样？）

淘尼总喜欢让我给他泡茶 他说我是他遇到的人里泡出最好的茶的人 他说他被辞退的时间里 很想念我的英式早茶 他觉得是我的中国基因致使我泡的茶好喝 我就笑笑 其实我知道为什么

我每次泡茶的时候 会把我们的茶杯先用热水烫 一下 让茶杯温温的 然后我用两个茶包 不过我从来没告诉过他

一般只要我和淘尼一起工作 早上去的第一件事就是 给我们俩泡茶 然后吃点饼干 三明治之类的东西 所以 给他买生日礼物的时候 我就想到了这个 我在卡片上写 Dear Chef ,How about let's end up with a cup of tea as well. It is been great to work with you. Thanks for all the help. I gonna miss you.（亲爱的厨师，我们最后也喝杯茶怎么样。和你一起工作很愉快。谢谢你的帮助。我会想你的。）

淘尼看了以后 说 Oh I love this.（哦，我很喜欢。）

我告诉淘尼说 我的茶好喝 因为我用两个茶包

他眼睛一亮说 Now you are speaking.（你现在告诉我了。）

我笑

老板娘大概八点左右起床来到厨房 和淘尼抱了抱 给了他礼物 又走到我这里来 说 Honey，last day at work. How you feel?（亲爱的，最后一天上班了。感觉怎么样？）

我说 I am OK.（我很好。）

她给我一瓶 爱马仕的大地香水 说 I got you this one. It is very fancy. It suits you.（我给你买了这个。它很别致。很适合你。）

给老板娘的礼物 我一个月前 就买好了 是大红色的最新一代 可以拍视频 功放的苹果nano（音乐播放器） 我在里面已经储存了大概5G的 老板娘喜欢的 爵士和蓝调音乐 机器后面刻了字：Dear Magi,Thx for all the love and free food. I love you. – Anthony（亲爱的麦琪，谢谢你的爱和免费的食物。我爱你。——安东尼）

老板娘 握着nano说 I am going to leave you alone now. You are going to make me cry.（我现在就不打扰你了。你要把我弄哭了。）

我和淘尼做圣诞餐 已经驾轻就熟 一切都在掌握之中 大家都很开心 甜点之后淘尼就出去和家里人一起过圣诞了

我一个人在收拾厨房 一边收拾 一边就有想哭的冲动 也不知道是为什么 完全控制不住 我本来以为说 辞去这份工作去city 找新的生活 我会很开心的 结果 不争气 好几次眼泪都要破眶而出 开始收拾自己的东西 制服 鞋子 刀 平时写的菜谱设计装盘的图 从家里带来听的CD

弄好以后 去后厨给洗碗的两个阿姨 日娃卡 塞爱吴 送上了礼物 在Mansion工作这几年 她们俩对我帮助也很大 很照顾我 送给她们俩每人一瓶碧欧泉护手霜 两个阿姨都很开心 说祝我以后工作顺利 常回来看看

跑去前面给所有人敬酒一杯 然后我就要走 感觉自己得快点离开这个地方 否则会 决堤 会垮

大家问我为什么要匆忙离开 干吗不坐下来一起喝一杯我说朋友家有Xmas party 我要赶过去 老板娘就说 好吧 反正你回国之前 我们会给你办个party 那时候见 然后她把我送到门口

我还穿着厨师的裤子 拿着我的书包 刀具 走下Mansion的台阶的时候 眼泪就像溪流一样 往下淌 我真的一点都没夸张

我不敢擦 怕老板娘还在后面看着我 也不敢回头 我就大步往停车场走 走到车边 没人看到了 我就像一个傻瓜一样 哇地哭了起来 完全控制不住地 很大声地 鼻涕眼泪一大把地哭

五分钟以后 我哭累了 慢慢地安静下来 这时候我才反应过来 Mansion 在我心里多重要

[2009/12/31 蛋炒饭 外加一个蛋]

city其实没有我想的那么好玩 也可能因为同学朋友都回国的关系 因为新家没有锅 也懒得做饭 整天吃水煮蛋 把皮肤吃得很好

后来那那多次打电话 他家住在海边 港口附近 前院后院都是植物 有高矮的树 各种颜色的花 穿过院子时会有臭臭的味道 那那说是隔壁大爷施肥了

那那的院子里 是姥爷家的味道

然后 我就壮着胆子 一个人开车来到他家 过了几天

刚刚 我们四个人组团 玩Dota（刀塔游戏） 因为屋子里实在太热了 四个男生都光着膀子 结束的时候 那那光着膀子去院子里乘凉 我一边穿T恤 一边出去 嘴里笑话他 说 你看你

挺个大肚子 光膀子站外面 人家老外姑娘看了 多给中国男生丢脸

那鬼笑笑说 至少我衣服没穿反 我一看自己身上 窘

晚上 我们几个一起去看新年烟火

嗯 2009年就这样过去了

亲爱的 我还能记得和你一起过的 2000年 那时候 我们在我家 我很困 你却兴奋一直要出去玩 后来我躺在床上昏昏欲睡 你踩着下铺 弹我鼻子 那种难受的感觉现在还记得

然后 就 1 2 3 4 5 这样 就连千禧年的尾数 也成了两位了

2009年 谈过恋爱 分过手 被朋友伤过心 后来忘记了

也伤过朋友的心 不是有意的

遇到过挫折 也有顺利的时候 总的来说也不坏

明天就2010年了 加油吧

如果我的手臂有 这么长

一定紧紧抱住你们 地球很难逃离 但是可以尝试一起 jump（跳）

[2010/1/22 Cafe de wheels since 1945]

那鬼家的冰箱贴 很有爱

I don't have an eating problem. I eat. I get fat.

I buy new clothes.

No problem.

（我没有饮食上的问题。我吃了。我胖了。

我买新衣服。

没问题。）

[2010/1/24 我又开始狂刷页了]

先说说最近开心的事

今年的房子有了着落 我从city又要搬家去越南人区 尽管是穷人区 但是能和小野 还有ps3（指索尼游戏机）一起住 我还是很期待的 而且房租便宜 五分钟距离就有菜市场 方便自己做饭吃 只是但愿不要有老鼠

最近 认识了一些有意思的人 比如走路一瘸一瘸的但是看起来可爱 又嘴硬心软的女王受

和我一样身材瘦高的拉小提琴的小德国

二十岁有了三套房子两辆跑车盖房子的米兰人

塔斯马尼亚的舞者亚当是撒克逊人

布里斯班还有一个月就二十五岁的小护士

悉尼联邦银行里工作的Kyle 每认识一个新的人 就看到了一个 不一样的世界 然后一点点地 连自己看世界的方式都跟着改变了

昨天晚上 来那那这里上网 半夜十二点 发现带了笔记本没带变压器 那那陪我开车回去拿 因为要等亚当的短信 正好我摸出了 两枚一元硬币 我就和那那去crown 玩老虎机 一人一枚 进去的时候 被保安拦了下来 问我要证件 我钱包在车里 我说我没带 那个人问我多大 我说二十五岁 然后他摇头说Nah you need ID（不，你需要身份证） 这时候那那就站在我身边 那人愣是连看都没看 我那天还没洗脸 他还觉得我不到十八岁 当时心里温暖的幸福感啊 分一分可以帮 街上没家的人过冬了

欧文从墨尔本回国 那那 还有我 我们去看了澳网 我连世界排名前十的Andy都不认识 欧文给我讲解怎么看比分 那那注重细节 和我说 你看那个左边的 每次擦完汗以后都把毛巾随便扔 人品真差

之前觉得 各种事情啊 这个那个的有点乱 有点迷失的感觉 但是现在 慢慢地都back together（一起回来）

Echo回国以后 绘本的进展又开始靠谱了 因为我文案迟

迟没有完成的关系 给Echo 李安 小西 阿亮以及公司其他同事带来的压力很不好意思

昨天晚上 写绘本2号广告的文案 凌晨两点才睡 今天早上六点就起来 想着 今年准备出的绘本和散文集 以后要开始的工作 遇到的人 在菜市场那里的生活 七月时 准备的和欧文那那等人的新西兰旅行 就觉得 生活真好

激动之余 就躺床上 给小四发了短信 没头尾地 来了句Just wanna say Thx. Have fun in France.（只想说声谢谢。在法国玩得开心。）

结果 没过几秒 这家伙 就用英文回复 Just had a hug with John Galliano!（刚刚和约翰·加利亚诺拥抱了一下！）

很不争气地 回复了Really? How? Why?（真的吗？怎么做到的？为什么？）

我现在在那那家 墨尔本这几天变冷了一点 有点感冒 但是很有元气 准备好了过年 嘿嘿

[2010/2/1 这些都是 你给我的爱]

绘本来不及在情人节上市了 今天写了广告的文案

飞机飞过天空 拉出的线一会儿就消失了

沙滩上的脚印 涨潮落潮以后就不见了

石头跌入湖泊形成涟漪 水位就上涨了一点

风吹过湿地 草和树木就默默拔节

如果 只是我呢

如果只是 味道 眼神 拥抱 泪水 笑容 你做的吃的 在一起的时间 走过的旅程 住过的城市 消磨的时光

那些 陪我一起傻过的人啊 你们在我身上 留下了什么

我该死心塌地地找回你 还是要微笑后坚定转身 从此变得聪明

之前那个我 和现在的我之间的距离 被许多细小琐碎的事填充着

这些都是 你给我的 爱吧

[2010/2/8 欧文的文凭太高了]

收藏品

如果你现在出现在我面前 我想我会一动不动 安然自若地对着你微笑 表情憨厚而无辜 嗯 就是这样 装作不放在心上是我少数充满自信的看家本领之一

那时候 正午的太阳一定在我背后 温暖地照耀着 然后我会顺着阳光的方向 走向你 将你紧紧抱住 把鼻子藏在你脖颈后面 用尽全力 好像要吸尽整个夏天的气息……

躺在赛马场的 长椅上 心里默默这样想着

欧文从阿德莱德 过来考CFA（特许经融分析师） 本来是要来我家住的 因为我那天工作 他就去了那那家 在那那家看了 周六的时刻表 结果周六早上没有车 于是他给我打电话 问我怎么办 我说 你还是来我家吧 至少可以开我的车去

下午五点的时候 欧文来电话说 我到了 来车站接我吧 我开车去车站 看到他坐在板凳上 远远地看到我 就开始招手 拎着双肩背包走了过来 我们大概一年没见 我问 你怎么还是那么邋遢 他笑说 哈哈 你看我这个裤子 半年没洗了 本来是软的现在都变硬了

他上车以后 我开始往家里开 途中他给我讲今天的遭遇先是下飞机以后 那那去接他 结果坐错了电车 后来只好走到city 吃饭 后来 跑到那那那里 发现没有bus 然后 去Footscary（指墨尔本一个社区）坐V/Line 来我家 结果刚到车站就错过

一班 只好再等一个小时 好不容易上车了 结果睡着了 如果 不是里面的人下车 肯定坐过站 结果 匆匆忙忙地 跑下来 忘记了买的水果 我一边开车一边笑他 说 真垮啊

晚上的时候 我和小野在厅里看 十频道重播的 《泰坦尼克号》 欧文在我的房间里复习 他带了将近十本都是很有分量的书 那个考试的全称是特许金融分析师 欧文说这个考试要通过三次才能拿到资格认证 不过如果拿到那个认证 去上海工作年薪四十万的工作还供不应求 我听了以后觉得 好厉害

他说 明天我一早就要走 晚上你坐车来city 我们叫上那那和璋 一起去吃个饭 我说我陪你去考试吧 我在外面等你 尽管有GPS 墨尔本的路 你也不熟悉 他问 你一个人在外面等一天不会无聊吗 我说 没事啊 拿一本书去 而且 我正好有个专栏要写

早上起来 欧文第一句话就是 不想去了 想好好睡一觉 我躺在床上 开玩笑说 那你继续睡好了 他从床上蹦了下来说 这不扯淡吗 报名费一万多呢

周日的早上 路上几乎没有车 上了高速以后 我们用150km/h的速度 向city奔去

开了将近一个小时 欧文感叹墨尔本的建筑颜色鲜艳 设

计独特 他说 墨尔本早晚赶超悉尼 我说 悉尼和墨尔本的风格不同 没有必要做比较 就好像上海和北京 开到了那个区域GPS不识别那个街道名 看到有阿姨在跑步 我们停车问路 看到我们以后 她停下来 我上去问 请问你知道莫纳什大学怎么走吗 她问 你们去哪个校区 我说最近的那个 她说 直走以后右拐 然后犹豫了下 又灵机一动的样子说 顺着这个电车道走就能看到了 我说 谢谢 她问我 今天学校注册吗 我说不是 我们去考试 她说哦 祝你们好运 谢过她以后 我们俩就继续上路 找到考点以后 我们俩把车停好 去吃早饭 走着走着 对面来了一个 亚洲人样子的男生 用地道的英文问欧文 CFA考试的地方怎么走 欧文给他指路说 顺这个路下去 五十米

然后那个男生重复了一下 欧文说Yes 后来我和欧文说 刚才那个男生重复的好像是 是不是 往下走十五分钟 然后你说是 我们俩对视了一下 他开玩笑说 好了 又少了个对手

欧文考试的地方在莫纳什大学对面 是一个赛马场的场地很空旷 他们入场之后我在外面 看起小说 有个男生在外面等他女朋友 他坐在离我两张桌子的位置玩iPhone 大概过了一个小时 他开始趴桌子上睡觉 我估计他是手机没电了 开始看 吉本芭娜娜的《厨房》 是非常舒服的小说 读起来 酣畅淋漓 她说 生命就是一个疗伤的过程 明明和 生命是不断受伤的过程说的是一回事 可是听起来 却充满希望

后来索性光了脚丫 跑到草地上读 太阳照射在身上 有液体一样的真实的触感 读到“我”在寒冬的夜里 给绝望中的男主角送 “最好吃的 猪排饭”的时候 看得很感动 鼻子抽动 可是怎么都哭不出来

一口气把小说读完以后 很想 喊 就那样 啊啊啊……地放肆地大喊 思路很清晰 胸口有悲愤的力量 可是却怎么也喊不出来 然后 开始思考绘本的事

和Echo一起在创作的绘本叫《这些都是你给我的爱》 开始创作的时候 本来想给 爱 下一个定义 可是真正动笔以后 却发现动不动就走到死胡同里 自己也难以说服自己

冷静地思考一下自己曾经的恋情 发现都不是完完整整顺顺利利 其中缘由不乏我的任性骄傲 和轻浮无知 唯一觉得可以安慰的 就是每次恋爱的时候 都是全心全意投入 没有半点虚假

这种慰藉很难解释清楚 好像一个四处旅行的收藏家 一边旅行 一边收集令自己心仪的物品 一路下来 我的这些收藏品 样样都不精美

有的是一时兴起 买到的高价赝品

有的本来是绝世珍品 可是因为我自己不知道或者即使我知道 后来却没有像想得到它的时候那样珍惜 所以就在旅途中

渐渐损耗变成了平常货

还有的 好像便利店发票 或者飞机登机卡 这种旅行中的必然产物 本来不想收藏 可是它们却时不时地出现在 裤兜 书包 钱夹里 留着没用 又舍不得扔掉

这些收藏品 它们都装在我的背包里 我的背包又总是不满 有的时候 这些收藏也不会很沉所以往往 寂寞的时候 觉得没有出路的时候 就又带上它们开始一个人的旅程

有的时候遇到非常非常厉害的收藏家 或者旅途中发现人满为患的著名博物馆 都会被那些收藏震撼得一动不动 感动得深呼吸又叹为观止 这些让我感动 和惊叹的收藏 往往都被细心保管 认真记载分析 它们是无价之宝 并非所有人都能拥有 每次看到这些的时候 都觉得很失落 觉得 自己什么都不是根本算不上一个收藏家

这些收藏品 就好像是 “爱”

博物馆里的那些令人向往的收藏品 它们都是 书本里的电影里的 别人的

至于我的那些 “收藏品” 它们有的时候会变得很沉 于是我不得不停下脚步 端视它们 每每这个时候 我和我的收藏品 我们都相形见绌 可是每当我把它们擦拭 分类的时候 总觉

得 身上好像胃的那个部分被温暖了

嗯 会不会有一天 我也变成别人那样 令人羡慕的收藏家呢 说不定 就找到了出路也不一定 说不定有一天 能把背包放下也不一定 但是 这些收藏品 它们都是你给我的爱 它们都是我的 我的 是它们一直给我力量 让我坚强 陪我走过一个 又一个寂寞的旅程……

后来 不知道什么时候 一个人在草地上睡着了 考试铃声响起的时候 我醒来 欧文走出来 我问他难吗 他说不懂的都选B了 他问我写得 怎么样 我想了下 答不上来 他说 去吃点好的吧 饿死了 我拍了拍屁股 站起来 说 Let's go.（我们走。）

[2010/2/11 三年没在家过春节了]

威廉给我的十年前的胶片相机 出片了 效果非常好 等我找个扫描仪扫上来

嗯 还有什么呢 新家不是很喜欢 吃东西很方便 但是 不像个家 晚上起来 去喝水 菜板上有蟑螂

上厕所 面盆边有蟑螂 地毯上 也有

我一直觉得F区 就像纽约的布鲁克林 现在 我觉得根本就是 布鲁克林郊区 哭哭

还好 我不怕蟑螂 如果有老鼠的话 我就垮了 不过 蟑螂也不卫生 看看 买点药 弄弄

大家是不是 都开始准备过年了呢 今天下午那那 Zell 还有迪迪过来 我们去买年货

估计也就是 速冻水饺 糖 开心果 那些东西 看看 有没有灯笼

不确定 还会不会更新

先给大家 拜个早年

祝大家 新的一年里 虎虎生威

祝我自己 在新的一年里 虎背熊腰

这样

[2010/2/13 几次真的 想让自己醉]

昨天晚上 翻出来很久以前的 *Make Me A Supermodel*（《我要做超模》）第一季 一鼓作气看了通宵

很喜欢 Ronnie

我看到最后一集 制作方安排家人探访的时候 其他模特来的都是男女朋友

作为gay（同性恋）的 Ronnie的妈妈 来看他

她妈妈看他的眼神 让我觉得

如果 你是gay的话 从某种程度上说 妈妈就是你的女朋友

也许对gay来说 有个善良的妈妈 比有一张漂亮的脸 要更幸福

[2010/2/14 是非 对错 abcd]

选喜欢的人 好像是做选择题 对了就会加分 错了就扣分你要对你的选择负责

如果是扣分 不要责怪题意不清 或者是选项中潜在的圈套 毕竟答案是你自己选的 苦乐也是你自己享用

希望我们 心脏很强 胆子很大 好好恋爱 荒唐放纵 最后找到真爱

[2010/2/22 你的衣裳 今天我在穿]

这一天 我遇到了你 忘记了那天干吗要喝那么多酒 一边喝酒一边和那那讲电话 后来你问我 你醉了吧 我说 没有 你说 你醉了 来 我送你回家

坐在你的车里 忘记了 什么时候睡着了

[2010/2/23 txt message]

“Hey boy. I went for lunch and missed your call.I am wearing your jacket as well.It has your smell. Your kiss mark is still on my neck，I take it every where.”（“嘿，男孩。我去吃午饭，没接到你的电话。我也穿着你的夹克。它有着你的味道。你的吻痕还在我的脖子上，我到哪都带着它。”）

[2010/3/5 脚入大地 发飘星辰]

不知道是不是因为 不够成熟

喜欢一个人的时候 很轻易地就把自己弄丢了

想方设法 变成对方喜欢的样子

我在想 故事快要结束的时候 书生 惊慌失措 高呼 啊 妖

怪 的时候

画皮 是不是内心一阵 酸楚呢

好在 故事还没结束 故事才刚刚开始

蓝色的眼睛 金黄的头发软软的 眼神明亮 孩子气 我怎么舍得对你生气

（有的豆友说 之前傻过 把自己弄丢了 后来变得聪明了 再也弄不丢了……看到这句的时候 就觉得 也许能 偶尔把自己弄丢了 也不错）

和喜欢的人约定好 睡觉前通电话 于是也不敢上MSN 怕见到还要聊天 明明说好通电话的

也不敢睡觉 怕错过 刨除时差以后 那个“睡觉前”的 通常意义上的时间

恋爱中的人 真可爱

[2010/3/13 忘记名字的秘密海岸]

你周六休息 问我喜不喜欢 荒郊野外 森林海滩 我说喜欢啊 你说 great（好） 说 你知道一个秘密的海滩 你和其他一些

女朋友 偶尔会去 你说我一定会喜欢

我们在你家附近的 加油站买了两桶水 然后把帕萨特加满油之后就出发了 你说你上次来这里 已经是很久以前了 而且还是别人开车 你不确定能否找到 我们开了将近三个小时在森林里 路边一个非常不起眼的停车场停下来 你骄傲地说看 我找到了 I am too good（我太棒了） 我笑

我们沿着林间小路走了将近一个小时 我在前面 你在后面 转过一个拐角 忽然看到那个海滩 我从来 从来没有见过这样的海滩 完全是小时候家里挂历上才会出现的风景 这片海滩三面环山 而且一个人也没有 我们俩呼喊着往海边跑 觉得这一天的辛苦都值了 发现我没带泳裤 顾不了那么多 干脆脱光往海里跑 你开始的时候 只是在岸边看我 后来忍不住也下海了 我要带着你往里面游 觉得岸边不刺激 你不干 说 You are nuts（你疯了）

我自己往里面游 你就生气了 你和我说 如果我再往里 你就 再也不理我 我只好乖乖地游回去 和你抱在一起 然后你就开心地笑了

后来我们俩开始爬那些礁石 翻过一座小山后 发现一个天然的岩石泳池 其实那只是岩石上 一个很大很大的大窟窿

涨潮的时候 海水把那个窟窿填满 退潮以后就在岩石中间 形成了一个巨大的泳池 那个泳池斑斓地变化着 绿色蓝色 四周漂浮着海草

后来我们俩又跳进去游泳 有一群群的鱼在身边 游来游去

我忽然想到这个像 梦境的地方不知道下次是否还有机会再来 我也不清楚 我们俩以后会怎样

回去的路上 我开始想 我喜欢你的地方

我喜欢睡觉前 你会接一杯水放在我的床边 / 我也喜欢你的诚实 和自然 / 喜欢你知道哪里有好吃的东西 也知道要点什么酒/我也喜欢你把我介绍给你家里人 / 喜欢你在夜里 不看电视不上网 只是蜷在沙发上 安静地看书 / 我喜欢你 睡觉的时候 偶尔背对着我 然后抓住我的手绕在你的胸前

可是亲爱的 我要回家了

[2010/3/22 嗨 我要回来了]

你好 我就要飞了

还有七个小时 我的行李箱还没收拾好 衣服散落在 厅里

的地上 带不走 放到箱子里准备捐了 尽量带走的东西是 书 读者寄来的明信片 照片 本子 相机 等等

我现在脑子里 有很多东西要说 很多 很多 可是手指头 又有一些僵硬

现在是什么状态呢 醉 身上有点臭 嘴里有whiskey（威士忌酒）残留的味道 呕吐后的味道 红酒味 雪茄味 从嗓子里 又弄出来 两粒risotto（意大利肉汁烩饭） 咬了咬 又咽了下去 清晨四点的时候 忽然睡醒 眼睛明亮地 开始整理箱子 觉得有话要说 就爬上来写日志

刚刚醒来的时候 看到你发来的讯息 你说 我想你在这 又有一条 你说 请给我回复 否则我一晚上都不会睡 还有 不在联络簿里的陌生号码 保重 再见 之类的短信

我一直想 和一个人 一起在Federal Aquare（联邦广场）坐着 什么也不说 至于为什么 我说不好 That's my thing I guess.（那就是我的风格。）

下午的时候 其实有装包 不过东西太多 不知道如何下手 后来小野来帮我 真空被子衣服 整理小东西 我说 以后没有你我该怎么办 他说 没问题 你会很好地遵循 达尔文进化定律 我

笑 前天晚上 请他出去吃饭 我最喜欢的西餐店 Bistro Flor 我们穿的一样的 Ralph Lauren带帽子运动服 那个衣服我很喜欢 于是当初买的时候 买了白色和黑色 走的时候 我把那件白色的留给了他

那天我也喝多了 最近一直喝酒 各种喝 混着喝 我觉得脑子变慢 我觉得也许这样好 其实我有点难过 多多少少能麻醉一点 可是喝醉了以后 还是多多少少有点难过 然后就更使劲喝 小野在一一细数我们见面的经历 我就安静地听 然后他说 这个饭店以后我不会带任何人来 连女朋友也不会 这样 它就只属于你和我了 饭后 我们一起走 没有直接坐tram 走了三四站以后才上车 到了南十字星火车站的时候 他说 我觉得我们是要回Sunbury家的时候 我也有相同的感觉

老板娘打电话给我 她说 亲爱的 今天有个小婚礼 我答应帮忙 不能见你了 希望你喜欢我给你买的那个钱包 我明天上午再给你打电话

今天上午的时候 见了移民的律师James Deng 没想到他把儿子也带来了 我们一起喝了咖啡 席间闲散聊天 他问了我一些奇怪的问题 比如 金钱和地位在人生中如何平衡 为什么我这么有自信 还有手机的问题 为什么以后不在墨尔本开店 有些问题我不知道要如何回答 我笑说 我的自信来自于我的无知

James说 他第一次见到我就很喜欢我 手里接了这么多cases（案例） 只是对我印象最深 而且我的case也最用心 他说你很特别 不光是我 公司里其他小姑娘也很喜欢你 你将来一定会成功的 我有些不好意思 我说 你把我说得太好了 后来 像大人一样 装模作样 和他儿子说 你要好好学习 将来 如果回国的话 无论是玩 或者工作都可以来找我

后来 见了Lynn和她朋友 她帮我带一些书回大连 两个女生都很漂亮 Lynn本来是我一个读者 我们机缘巧合地 在墨尔本遇到两次 现在成了朋友 我觉得她俩都像小孩子 说了一些很好笑 很小孩子的话 后来 我把东西送到她们家 走路的时候有的时候 脑子一片空白 然后 也会突然想起来什么 然后边走边笑 我希望她俩能好好照顾自己 嗯 希望来墨尔本上学的 所有留学生 都能好好照顾自己 有所成就

晚上的 时候 去那鬼家吃火锅 墨尔本的同学 除了去悉尼或者回国的 都来了 我和他们一起一直很开心 我不是很会照顾自己 承蒙大家关照这样的话 也因为觉得尴尬一直没说出口 后来 因为临时决定回国 包括卖家具 房子 无奈 过年 寂寞的时候 都是他们在支持 他们是 那鬼 Zell 镝镝 小朋友 放儿 小弟 后来我们照了宝丽来照片 大家热热闹闹地 跑到Pola相机前合影 我带走了一张 他们留了一张 贴在了冰箱上 一群人一直

把我送到 火车站 Zell问我 你会想我们吗 的时候 我忽然想到 *Where the Wild Things Are* 里的那个 很安静的大牛人 我说 说什么傻话 必须的 送了那那一个避孕套 我说 你早点把它用了吧 还给了他一套洗干净的单人床单 和一条电热毯 和放儿 小朋友 抱了抱 他们暖暖的 后来我和镝镝一起坐车 他中途下车回家 我说保重 他站起来 笑说 哎呀 够胖了 还保重 我笑 他说 你好好照顾自己 然后下车了

晚上九点多的时候 去了city 比约定的晚了半个小时 下了火车以后就开始跑 当你爱一个人的时候 你就会 控制不住地为了他跑 你在crown NOBU饭店前等我 在喝啤酒 我说我来晚了 你笑 前几天 我和你家里人一起吃饭喝酒 你说 后来你妈妈给你发了短信 我说我要看 你想了想 把手机递给我 “I had a great time yesterday. I wish Anthony can be my son in law.（我昨天玩得很开心。我希望安东尼做我的女婿。）” 我看了以后 一路上都控制不住笑

后来我们在city里走 我打电话去 Sofitel 它们厨房马上关门 你问我要去哪里 我说 一个我们没去过的地方 不要人很多 也不要人很少 不要便宜 然后我们俩 Google map（谷歌地图）去了Coda 结果那里也人满 后来 我带你去了Hyatt（凯悦酒店）我们在那里吃了东西 喝了一些酒 每次我问接下来要干什么的时候 你总会问我 你想干什么

后来 我们走路去711 买了雪茄 又去Bottle Shop（酒铺）买了威士忌 在Collins Street（柯林街）走 在Hermes （爱马仕）和 Emporio Armani（安普里奥·阿玛尼）门前接吻 我说 你看我们被阿玛尼先生见证了 有一天我们会穿 他们的西装结婚 你笑

后来 我们就去 Fed Sq（联邦广场）坐着 开始下雨 我们俩凑到一起 抽雪茄 雪茄很好抽 又很不好抽 我们就那么坐着 没说什么话 后来我躺下来 上面横错交叉的线上的灯 像星星 你说你考虑开始办理护照 我说好 上海见 你笑

后来太醉了 把你送上出租车 我上了另一辆出租车 开到SC Stn的时候 我和司机说停车 跑下车 抱着垃圾桶 就开始吐

回到家 看到沙发上 放着小野的运动包 估计他担心我明天超重 陪我去机场的时候 如果check in有问题 帮我带一些东西回来 我去他房间 爬上他的床 他问 喝多了吗 我说 嗯 他问 你还好吧 我说 嗯 他问 东西还来得及 收拾吗 我说 嗯 我抱了抱他 然后 又去厕所吐 后来回房间睡 刚刚起来 写了这篇日记 就刚才胖子 起来上厕所 发现 我还没睡 进来问我 收拾好了吗 胖子光着腚 我上去抱他 他亲了我 和他说 给你添麻烦了 他说 没事啊 他说 明天走的时候叫他

2006年3月31日 来澳洲 来的时候怕超重 箱子里放的被子

床单 电饭煲 字典 父母朋友的祝福

2010年3月22日 回中国 走的时候怕箱子超重 箱子里放的照片 相机 书 菜单 刀 和 梦一般的记忆

你好 我就要飞了 我一点也不酷 也不特别 所以我不会说很酷的话 只想说

请不要忘记我

Hug goodbye and see you soon.（拥抱再见，很快与你相见。）

[2010/4/5 又见 上野公园]

周四去涩谷 我在想 那天我是穿得有多奇怪 连涉谷这些见过大世面的人 也用那种眼神看我

周五的时候 选错了路线 于是在雨天 从樱花盛开的东京跑到 冰雪覆盖的秋田 往返六个小时的车程 只为了一个小时的热水澡 一直在心里默念 千金散尽还复来

周六 周日两天和 瑞士人Rickard 日本人Misu 以及朋友们很多很多 去公园赏樱 我英文可能有所退步吗 沟通困难 樱花

有点看够了

今天跑到大阪 天气变晴 看到什么 都想买来吃 又总吃不饱 朋友问我说 一年不见 怎么变饭桶了 我说我长身体 去奈良拜了拜 那里的鹿 绝对是见过世面的鹿 绝对阅人无数 看你一眼就知道 你是有东西吃的 没有东西吃 假装有东西的 只是路人匆匆跑过的 只是路人匆匆跑来合影的 去了奈良的寺 寺里有一尊很大很大的佛 面目严肃却又和善 寺庙里有一根大柱子下面有个洞 很多大人带着小孩从那里钻过去 说是会有好运 其实我也想钻 一看都是小孩子就 放弃了

晚上八点 朋友带我去了一个非常正宗的拉面馆 好吃到飞起 后来我们俩回家 十一点多的时候 我说 我又饿了 我们再回去吃一次拉面吧 朋友 开玩笑说 你是猪吗

最近 早睡早起

[2010/4/8 在地球这端 一人旅行]

昨天晚上 在贵船神社附近的鞍马寺边的温泉旅馆过夜 check in时 被告知是把头的一间 当时我心里就有一丝不爽 因为把头的房间最容易有稀奇古怪的东西 而我又是 那种敏感体质

贵船神社 我上次来日本的时候 就来过一次 因为那个温泉真的是太爽了 这次做足了功课 又来啦 还准备过夜

相传 女神玉依姬乘坐着黄色的船只出现在大阪湾 她告知人们 在这艘船停的地方兴建神殿 供奉当地的神 就会土地富饶 船从淀川向鸭川逆流而上 停在了有水源的地方 贵船山

贵船神社祭拜的是和水有关的神 这里有个结社 非常有名 是求姻缘的地方 相传 和泉式部被第二任丈夫藤原保昌抛弃后到贵船神社参拜 最后终归重归于好

这个地方 因而得名

但是结社最著名的 是爱的诅咒 相传 从前有个富家小姐 她男友和别的女的好了 她就来这里跪求 要变成厉鬼 惩罚那一对男女 于是贵船明神示之曰："若想生成鬼，当更装易服，于宇治河浅濑浸泡37日。"此女闻示大喜 遂面涂朱砂 身涂丹砂 披发跣足 头戴铁圈 口衔松明 顺大和路一路南下而去 后来终于生成厉鬼 杀死了自己忌妒的女人和抛弃自己的男人

还有一个女的 她出于嫉妒而到贵船神社诅咒负心汉及情妇 并以自己出家为代价将两人诅咒致死

还有一个女的 她丈夫开始清贫 他们结婚以后因为她持家有道 一点点过上了好日子 后来 丈夫认识了有钱人家的小姐 入赘豪门 把她甩了 她就跑到贵船神社祷告 让那个男的求生不得求死不能 乞讨于街市 祷告一百天后 神明出现在她梦里说 你丈夫的命 超好的 怎么可能让你如愿以偿呢 说 你还是让我慢慢来吧

结果 丈夫入赘的豪门小姐的爸爸 官场失意 最后出家了 于是 丈夫一点点地落魄了 乞讨于寺院之前 妻子听说了 有一天就带饭菜去探望 看到的时候 不由得心酸 于是夫妇二人 相拥而泣 重归于好

后来 我就去那个 温泉旅店住 想说 第二天爬一千五百米的山路从鞍马寺到 贵船神社 然后再坐小火车回来

晚上的时候 去洗了露天温泉 因为是偏僻到不行的小村晚上就我一个人 泡在露天温泉里 乌云不见 隐隐约约看到星星 樱花已经绽放过 风过的时候 散散飘落 我泡一会儿就 上来躺一会儿 又泡 对于我这种 裸体holic（狂热的）来说 能在天地间这样 真是爽翻

晚上回到房间就觉得不对劲 明明开的空调 30℃ 还是有一阵阴冷 躺下来以后 睡得不踏实 隐隐觉得 干燥机放在厅里可是明明睡觉前 已经放回柜子里的 于是起来开灯看 发现那

里没东西 又躺下去以后 听到流水的声音 一滴一滴的 想说可能是外面的溪水 又继续躺着 感觉窗户外面有女人的影子飘过 起来把所有的灯都打开 拿出来 Jim Beam 喝了一大口 后来也困了 就睡着了

做了好多奇怪的梦 记不住了 好像是说 店里的这些阿姨女服务员都是 一种大鸟变的妖怪 要吃我 我就一直跑 半夜 被噩梦弄醒 看了下表 才三点 心里叫苦 怎么还不天亮啊 打开空调 又睡 空调也不热 就这样 折腾到 天亮才真正睡得舒坦 可是早上八点半 阿姨又打电话过来说 让我去吃早饭

走两个小时的山路 终于来到结社 跪了下去 磕了头 许了愿望 希望我和你能走到最后

现在回来朋友家 晚上 去吃个拉面 明天回上海啦

[2010/4/12 新宿御苑 樱花节]

以前我觉得 人死了就是死了 没了

现在 我希望 人死了以后还有点什么

我想以 那种形态去未来等你

[2010/4/13 嘿呦 嘿呦 哦耶 哦耶呦]

生日已经过去了 收到很多祝福 心里在想 从今以后要朝萌大叔那个方向发展了 不过萌大叔要有一颗少年的心 才会萌

回来以后 就开始和公司里面的男生一起合住 小西 庆庆 李安 Kim 过去的那天 早上下着雨 其实我从墨尔本回来 心里还是很不踏实的 因为 毕竟出国很久了 听说出国久了回来就不适应了 加上找工作 找房子什么的 幸亏公司在上海 回来以前 我就觉得公司那边会照应我 结果大家的帮忙 远比我想象的 多得多 非常非常感动 比如 晚上我和Kim睡一张床 他特地给我拿了床新的被子 还给我准备了毛巾 早上的时候 我们一起去买非常好吃的芭比包子去公司吃 庆庆 带我 弄了公车卡 手机卡 银行卡 非常的体贴 我的衣服 都挂在小西和李安的房间 还一直在用李安的拖鞋 小西给我的牙刷 公司里也非常有意思 热乎乎的 大家都很逗 追跑打闹的 组团午饭 组团奶茶 后来急匆匆地去了日本一周 从日本回来的晚上 是十点多 因为那时候我还没有手机 只是前一天晚上告诉小西他们 第二天晚上回去 结果打车到 他们家的时候 看到 庆庆 刀刀 Kim在楼下等我 当时天寒地冻的 我问你们怎么在这里等 他们说 现在设了门禁 怕你进不来 你又没手机 生日那天晚上 我和小四两个人 吃了豆捞 后来 我们冒着小雨去了外滩溜达 当时看着四周繁华的高层建筑 心想 我和那些 去纽约寻梦的人 一样的 我是来上海寻梦的 但愿能实现梦想

[2010/4/23 看不出来 我的无奈]

因为找工作不顺 所以最近还是很闲的 还好租的房子舒服 在家待着也挺开心 加上新书卖得好 压力不会那么大 周末 和下周三还有两个面试 如果还拿不到 就降低标准吧 毕竟自己是个“菜鸟” 却想当奢侈牌子酒店经理 不太 make sense（有道理）嘿嘿 拿不到的话 就申请见习经理

房子真的是太舒服了 想把 签名改成 来我家吧

开始收拾东西 四五百张宝丽来 看着看着 就要哭了

我在想 是不是每个人肩上都有一副无形的担子 当你很小的时候 那担子也很小 所以 像考试不及格 或者 作业多 这样的小事也会烦心 或者觉得好像世界末日一样

大部分人 随着年纪变大 身上的担子也变强壮了 能担负起更多的事 埋怨啊 不安啊 失落啊 这些东西 不是说不痛了不难过了 只是担子大了就能装下了 然后就默默地挑着走

有些人 很粗心 或者说性格好 尽管他的担子不大 但是每次要放进去新的东西的时候 旧的烦恼就会被取代 所以也不会太劳累

有些人 很认真 担子里的东西一直积累 本来 有些要掉出来的东西 他甚至还 扶一下 于是担子有天 咔嚓一下两截了 人

也垮了

有些人把担子的筐穿了个洞 于是显得一身轻松 脚步轻盈 可是 人生总是要装些什么的吧 只要你还正常 总有一天会为了 两手空空而失落吧

还有些人 吃了 开心的药丸 醉酒的药丸 帮助麻木的药丸 当时可能感觉很好 可是过了药劲 担子就变得更累了

我的身上也有这么一副担子 随着我去过的地方的距离 遇到人的数目 经历过的事 它也一点点 变得更结实了 可是 我又觉得 担子结实了 也不代表要背负更多

没人的时候 就把担子放下来休息一下 擦擦汗 喝点水 看看沿途风光

等准备好了 就又可以上路了

[2010/5/5 《千与千寻》]

千寻

0

很早之前看的谈话节目 大家都在讨论 那些能让自己流下眼泪的事 这时候 蔡康永说 宫崎骏的动画 能让我哭的是《千与千寻》

他说 小女孩抱着白龙 在天上飞的时候 她说 我想起来你叫什么名字了 你的名字叫 赈早见琥珀主 然后小白的鳞片全部都飞掉 然后两个人一起坠落下去 然后就……这时候 他就哭了起来

大家连忙闹趣 他却认真地继续说 他忘记他名字很久了 他找不到 自己的身份 那么久 结果终于知道自己是谁 这不是很感人吗

当时 我也 没觉得多感人 也不知道 为什么要哭

1

一个月的时间内

在墨尔本城市里自己租的高层里醒来

在胖子和小野合租的越南市场附近的公寓醒来

在城市那头 穿过公园的 Thomas 家的平房醒来

在那鬼家 临时的席梦思床垫子上醒来

在靠近海边 有热闹酒吧的旅馆醒来

在上海 小跳家展览馆的阁楼上醒来

在静安区公司附近 小西他们一家 Kim的床上 醒来

在大连 感觉陌生的自己的房间床上醒来

在日本 新宿西班牙男生Carlos的房间醒来
在同学家 拥挤日式住宅的上铺醒来
在贵船神社 温泉旅馆的榻榻米上醒来

常常起来以后 光着身子坐在那里 也不知道自己是在哪个国家 哪个城市 在干些什么事情

2

在墨尔本四五年 一点点地 不经意地 发生着翻天覆地的变化 从刷碗的 一点点变成实习厨师 后来 成了大厨 如果是五十个人以下的宴会 老板娘就让我自己 挑大梁 而且不光是厨房 销售的企划 宴庭的布置 婚礼的流程这些 管理层上的事情她也会 让我参与

朋友也变得多了起来 世界各地 各个层次的 每一个人 都有自己的特点 都很善良 所以 寂寞的时候会有人陪 难过的时候 有人安慰 快乐的时候有人分享 我的口语也一点点变好 知道和什么样的人要说怎样的话才能聊起来 说话的时候 更像老外那样会用目光交流 吃饭以后会习惯给小费 从开始走路 坐公共汽车 骑自行车 到后来 买了第一辆破车 到后来 买了第一辆进口车 后来 即使半夜三更 有了GPS 想去哪里 就去哪里

后来选了厨师专业 然后工作了半年 又去上了大学 因为完成了之前部分的商务课程 本来四年的大学课程 变成了两年 于是 轻松地上了一年大学 又在 官邸实习了半年 这样 学士学位也拿到了 这时候 我之前的同学们 有一些 已经大学毕业回国了 有一些在读研究生 有一些 大学一直挂科还没毕业 因为绿卡的申请递上去了 马上就要到了 抉择是留在澳洲还是 回国的问题 加上 还有半年实习 所以决定 回国工作一阵子 看看

走的时候 老板娘在Sunbury给我摆了送别party 我们官邸所有的员工都来了 洗碗的阿姨 清扫的叔叔姐姐 那些服务员女生 经理 和我的大厨 大家一起吃了很多东西 喝了很多酒 我要了一个大号的pizza（比萨） 又要了一个主餐的意大利面 难过的时候 就能吃很多

所有人都过来 和我拥抱 过来问我 回去以后干吗 以后还回来吗 喝到尽兴的时候 老板娘让大家都静下来 她拿出一个礼盒给我 她把我 抱在怀里 和大家说 我爱安东尼 我总能记得 第一天见他的时候 那天下雨 他骑辆自行车 戴顶头盔 来敲门 问有没有工作 当时我觉得他连英文都说不顺 就说没有工作 让他圣诞时再来 结果过几天 他又骑着自行车 来敲门 我就想 要给他一个机会……说到这里 老板娘就开始哭了 她抱住我 亲了我的脸颊说 不管去了哪里 都不要忘了我们 我是你澳大利亚的妈妈 然后她把那个礼物给我 是一个 名牌的护照钱

夹 她说 她看了我的手相 说我会一直在路上 到处旅行 这个会很实用 说 官邸随时欢迎我回来

开始刚来什么都不会 去哪里都要问路 又不好意思和老外交流 还是保有中国人的习惯 讲话的时候会回避对方的目光

走的时候收拾行李 很多的英文考试卷子 菜谱 之前用的乘车票和timetable（时间表） 明信片 照片 慢慢积攒起来的家具 床 沙发 冰箱 椅子 香水和西装 出版了的 自己的第一本书

然后就想起来 我是谁了

我叫亮 2003年春天出国 从国内带来的大学时候穿的衣服 秋衣秋裤 云南白药的牙膏 海飞丝洗发水 电脑是中文系统 中文的小说 电褥子 甚至拿了中国菜刀

当时走在城市里 也不觉得自己属于这个城市 总是潜意识地昂首挺胸 不想给中国人丢脸 想要把灵魂挂起来

也会迷惑 所有的东西都很贵 担心家里给自己拿了那么多钱 把自己送到大洋彼岸 会不会那些用差价换来的澳币打了水漂 也会担心 自己换专业 是不是不是明智的选择 说不定 毕业以后 我的朋友都成了高级白领拿了绿卡 结果我还是小饭店里的厨师 工资刚好交房租

最后的那个晚上在 你那里睡 早上起来穿衣服的时候 你还在睡着 收拾好了以后 我说 好了我要走了 可是你忽然拽住了我 你说 stay（留下） 像你这么散漫的人 会这样用力气抓住我不放 让我有点吃惊 我开玩笑说 我是E.T.（外星人）吗 结果你却没有笑 把我使劲地抱住 然后我们就那样静静地 静静地抱了很久 其实我知道 当时我们的心里 也像外星人E.T. 那样 哽咽不停地说了 Ouch

3

大概十二个小时左右的飞行 飞机抵达浦东机场 这些年经历了这么多 已经没有什么期许和兴奋

从机场打车去小跳家 把行李放好以后 他便带我出去吃饭 深夜十一点 我们在路边喝粥 吃包子 旁边的人说话的声音 电视的声音 道路上车子 刹车又启动的声音 混合着空气 让 我回家了 的这种感觉变得真实起来 中国 这两个字 的意义 就这样 将我包容了

第二天早上 一早从小跳家离开去小西他们家 早上开始下雨 起来坐在房间里看书 林夕的《原来你非不快乐》 小跳说 那个是他采访林夕的时候 林夕送给他的 而且 还有签名 我说 嗯 写得很好的 我很爱林夕 然后小跳 想了想说 那送给你

好了 我说 好啊 那我也送你一个东西 于是 翻开包 说 你随便选 结果 他选了我实习时的 印着 Anthony 的名牌 我说 你要这个干吗 他说 哪天天气好了 我就戴着 这个出去 做一天的你

我窘 我说 你们文艺界的人 好别扭哦 他说 你自己不还是很文艺 我说 我哪有 我明明是个杀猪的

到小西家的时候 是八点半 天空灰暗 在门外就看到小西和李安在刷牙 刀刀大喊一声 安东尼来啦 大家都很热情 我把包放起来以后 就和他们一起去了柯艾 路上 Kim带我 去芭比馒头 买了包子 我觉得自己已经四五年没吃到这么好吃的包子了 公司里一个个同事开始上班 和他们打招呼 大家拿着新出版的《这些都是你给我的爱》让我签名 很亲切的样子 李安和小西的工作区也贴着新书的海报 小四下午来上班 晚上请我们出去吃饭

接下来几天 我开始找工作 我的编辑小青开始帮我找房子 小四给了很大帮助 他不忙的时候 就把车借给我们去看房子 晚上回公司的时候 小四和我说 新书三月 在全国销量排行第十五名 他说 非常厉害 别忘了 你15号才上市的

小西一家 关照得无微不至 庆庆带我去办理了手机 银行

卡 Kim给我准备了新的毛巾 而且因为我要和他挤一张床睡 他把床罩也换了 有的时候 我们躺下了 都睡不着 就开始聊天 他讲讲他家里的事 我讲讲国外的生活 讲着讲着就睡着了

生日那天 小西加班 我和小四两个人 去吃豆捞 我说哇 小四陪我过生日 吃完以后我们去外滩溜达 当天晚上 还是有点冷 他穿着卫衣 把胳膊抱在胸前 外滩上还是很多游客 天南地北的口音 小四指着对面的楼 问我 上次你来的时候 那边已经那样子了吗 我指着对面的花坛说 上次来上海 你给我在这里照的相 我们站在黄浦江上 看着对面的建筑群 一切都像梦一样 上海好像一个体格健壮的青年 夹杂着身上的不平衡 昂首阔步地往前走

又是一阵风吹过 空气中弥漫着江水的味道 然后我就想起来了

那时候我还没有开始写东西 只是一个普普通通的大学生 我和小四 阿亮 痕痕是朋友 当时 我在沈阳 下午五点的时候 天就黑了 我坐着公交车从大学城到火车站买票 鞋子里都是湿的 脚已经冻僵了 拿到票以后 我给他发消息说 我去了会不会给你们添麻烦 再说 我身上也没那么多钱 小四回复说 没事 你能来就行 其他不用担心

那次是第一次来上海 小四就带着我逛了外滩 还有南京路 晚上 在小区门口买了河蟹 痕痕在厨房煮 然后 大家围成一圈在厅里吃

我想起来

出国以后 小四问我 你要不要 给我们新出版的杂志写东西 我说 好啊

我想起来 小四偶尔和我说的 安东尼 你红了 读者们热情地回复和评论 第一次看到自己的书 在 图书馆里的心情 每一次 安静下来 在电脑前 写下心里 点滴的开心 难过 失落和 恍然大悟的时刻 它们就那样 无声无息地在 过往里存在着

小四说 他要出散文集 我说 太好了 我最喜欢你写的散文了 你应该多写散文 然后他忽然看着我 很认真地说 小说写多了 就不爱写散文了 你会开始习惯讲别人的故事 那些藏在心里的东西 不会想拿出来 一五一十地和大家分享了 他说 这句话的时候 我有一点难过

4

接着就 飞到了日本 飞机降落在东京机场 我在航站楼办理了 手机租赁业务 给 Carlos 发了邮件 他立刻就给我回复了

信息里 很详细地说了 怎么坐车 在哪里见面

晚上 我们在东京涩谷的人群里穿梭 找一家有名的咖喱店 第二天他上班 我坐新干线北上 去了秋田 一路上 路边 常常出现 漫山的樱花 过了 仙台 就开始一点点变冷 远处出现高大的雪山 快到秋田时 外面已经成了雪的世界

坐在那个十平方米的露天温泉里 脑子又空白了 从一旁抓来 一捧雪 放进水里 化了 又抓来 放到温泉里 手心里什么都留不下 除了冰冷的温度

后来去了瑞士的Rickard 他和男友一起住 周末的时候 正好赶上一年一度的 哈娜米的节日 Rickard 告诉我 今天公园里会人山人海 他的很多朋友也会去 他说 他男友Yoshi 是个演员 周末 他去养老院当义工 说他曾经出演过日本版的《小王子》话剧 我说 是吗 我写过一个童话 刚刚出版的 很像小王子的感觉 Rickard 问我 是怎么样的故事 我说 其中有一个故事是bunny boy（兔男孩） 和狐狸在森林里走 狐狸要和bunny boy做朋友 结果bunny boy没有答应 因为他怕失去狐狸 之前和他做朋友的人 一个个地都离开了 后来他们俩继续往前走 直到有一天狐狸不见了 bunny boy很难过 Rickard听了以后 说 我喜欢 这个故事

我们把垫子铺好 坐在樱花树下 朋友们三三两两地 带着吃的 喝的过来 我和加拿大的Mike聊天 他说 你会不会 觉得走得太远了 也不知道 自己到底属于哪里了 在日本 我觉得我是老外 是异客 可是 现在我回到加拿大 也觉得不适应 I feel lost sometimes.（有时候我感到迷茫。）风过的时候 有樱花花瓣在我们之间落下 听到他这么说 我忽然觉得悲哀 感觉自己也或多或少是 这样的吧

最后一天 去了东京三鹰市下连雀的宫崎骏动画博物馆 在茂密的树林围绕下 这个美术馆 远看像一块经过打磨的玉石 绿色的屋顶 使它好像是隐藏在 森林之中 馆内 路桥相连 楼台错落 青葱遍野 草木扶疏 很容易 让人想起来 宫崎骏动画里的风情

这时候 LCD （液晶显示屏）正好在 放映 《千与千寻》 的片段

千寻坐在白龙身上 双手抓住他的犄角 他们在天上飞 忽然之间 千寻 脑海里 有 坠落湖底的 画面 忽然间 又出现鞋子被冲走的画面 白龙的身上 泛着波纹

千寻说 小白 你听着 这是我妈妈告诉我的 我已经记不清了 我小时候 曾经掉落河川里 那条河已经被填了 上面建了房子 不过我现在 却想起来了 那条河的名字是 那条河 叫 琥珀

川 你的真名是 琥珀川……

5

忽然地 就控制不住 流下泪来

[2010/5/7 有急事坐地铁 没钱坐地铁 有钱又有闲就打车]

不管你信不信 不求上进这种价值观 也是遗传的

话说 我已经拿到某国际酒店的工作 在×××VIP部门工作 是个三级雇员的职位 昨天去吃了一次 员工午饭 当场就想这地方就算让我来免费打杂我也乐意啊 员工餐也太好吃了吧

有果汁 有酸奶 米饭可以选白饭和炒饭 菜也非常可口 素菜做得很美味 品种多样 晚上就打电话 给我妈说 我太爱这工作了

今天上午 另外一个国际酒店人事部来电话说 安东尼先生 恭喜你 你被我们录取了 是××部门主管的职位 当时我就窘了 我说 谢谢你 很高兴接到这个消息 不过因为等得太久（也没多久） 我已经和××酒店签了合同了 结果那个HR的人说 很抱歉我们这么晚才联系你 因为五一的关系 要么我让我们××部门总经理等一下给你打个电话吧

等了一会儿 总经理来电话 给我分析了工作的前景 而且他说 薪水会比我现在的工作高一千左右 我说让我想想吧 今天 给你答复 谢谢

接着 我收到了2号酒店发在邮箱的邀请函和具体待遇 简介 打算做2号酒店的工作了

这时候 我给我妈打了个电话 结果她也没开心 她只是说啊 太可惜了 1号酒店吃得那么好 你就轻轻松松当服务员多好

亲妈 哈哈哈

但是 我还是选了2号 有压力 有挑战可能比较有趣

[2010/5/24 I miss your jeep（我想念你的吉普车）]

报告下 我还是留在了hotel1 本来打算在那里工作到六月就去2号hotel报到 结果工作了两周 就不想走了 因为我工作地方的同事都 太好了 经理我也非常喜欢 加上 员工餐……

现在工作快一个月了 我已经成了 别人嘴里的“行政楼特别能吃的那个新来的” 我一进去食堂 就把袖子撸起来 艾达说 安东尼吃饭的时候 谁都不要打扰他 我现在工作的部门大概有六七个同事 一个男生 其他都是美女 人都非常好

师傅 麦格意 比我大几岁 刚刚生小宝宝 非常严格 不过嘴硬心软

小师傅 艾施礼 比我小几岁 是那种傻大姐feel 的女生 我很喜欢

经理是戴思 开始的时候 只有她知道我 有出过书 面试的时候说的 她一直问我 你能干多久 我口是心非地说 半年 前几天 她又问我 我说 等我自己开店了 把你们都撬走 戴思 露出无语的表情 说我 身在曹营 心在汉

艾达 和我年纪差不多 典型天秤座 很逗

查尔斯 是唯一的男生 很温柔 尽管我不待见双鱼男（可能是我自己的问题） 但是他 我还是很喜欢 每次我做错什么东西 他就小心翼翼地说 嗯 你是这么弄的啊 其实应该……你看 是不是 方便很多

伊瓦留了个妹妹头 她算是领班 也挺逗的 不过她总讲上海话 我听不懂 她最近经常和我说 你别老装无辜好不好 我说我哪有 然后 她就 抿唇 然后对我意味深长地一笑 她男友是我们厨房的 小狗

每天上班都挺开心的 但是非常累 我很佩服我的 同事们的敬业精神和客服态度 因为我们主要是面对 VIP客人的 所以他们的能力也很强 外语也不错 如果我在上海开店 我就把他们都弄来

我知道上班坐几路车 可是下班回家的车我一直没有找到 在路的另外一边 顺着找也没有找到 于是下班 我都是走回家的

半夜 顺着外滩走 总能遇到一些 好玩的事

比如 迪奥外滩走秀那天 走着走着 就听见保安喊 张曼玉来了 张曼玉来了

比如 每天晚上 走回去的时候 都能遇到很多新娘

比如 有一天 走到半岛 香奈儿门口的时候 看到一个年轻的工人妈妈 推着一些菜和包裹 外加两个三四岁小孩 结果 那两个小孩一起站起来 脱了裤子 各朝一边尿尿 旁边保安紧张得上来大骂 我在心里想 good job boys（干得好小伙子）

比如 那天下雨 我一个人半夜走外白渡桥 结果 哼起《情深深雨蒙蒙》

比如 昨天 走着走着 外滩忽然封道 接着 就看到 国家领导人的车子 驶过

其实 在上海 我的生活挺丰富的 也有很多朋友 不过每天聚会后 打车回家的时候就会觉得有点失落

别人 问我 Do you miss Melbourne?（你想念墨尔本吗？）我已经习惯了摇头 因为我觉得 既然回国了 一个劲地说 我想墨尔本 很没必要 我只会说 There are something I like about it.（它有一些我喜欢的地方。）

昨天下午上班 看到路对面有个戴眼镜的男生长得很像小野 当时差点跑过去 扑倒他

Thomas会经常写邮件 上线就开Skype（即时通讯软件）他说 我现在做两份工作了 你要什么 我寄给你

那鬼 给我留言问 你好吗 你好吗 你有几份 没交的账单我帮你交了 你好吗 你好吗

六月份 会很精彩 小四生日 公司去温泉旅行 小台湾来上海 我们会一起去世博 我开始学习 check in/out（入住/退房）Yoga演唱会 陈老师演唱会 哈

[2010/5/25 陪安东尼 度过漫长岁月]

有朋友留言说 安东尼 你长大了

看的时候 情不自禁地在 电脑这头 认真地点头

《这些都是你给我的爱》的创作 是一次尝试 它的初衷是帮助Echo完成一个心愿 让我们万万没有想到的是 短短几个月时间 加印了十几万册 多少有被shock（震惊）到 公司的人都来祝贺 在这里谢谢大家 厚爱

绘本的创作过程 有点力不从心 也因为时间的仓促留下

很多遗憾 那些喜欢它的人们 也许我们都曾走过 或者 正在走着相同的路 所以知己知彼 找到了 感动的时刻 那些 不喜欢它的 说没有第一本好的 我也可以理解 因为故事有一些缺点

想 好好地写《陪安东尼度过漫长岁月》

今年会出 另外一本《陪Ⅱ》叫《橙》现在设想的是《陪安东尼度过漫长岁月》会一直写下去 几年写一本 每本的副标题 是一种颜色 装帧的时候 就用对应的色彩的封面 简洁设计 统一的格式

企划定下来 以后 就来这里和 大家报告下

心里想 也许就这样 一本本地 就把人生整个 记录下来了 想象着将来书架上 一排彩虹一样的颜色 觉得很充实

从今以后 彼此陪伴吧

[2010/6/6 *Dear Thomas*（《亲爱的托马斯》）]

听过很多的故事 看过很多的恋人 也经历过一些爱情

但是 想你的时候

我就把他们都忘记了 不会拿来温习 计划 参考 警告

过去已经不在了 将来也不想考虑 只想 此时此刻 为了你任性地勇敢

[2010/6/22 在心里默默倒数 10 9 8 7 6 5 4 3 2 1]

接下来将近两个月的时间 要做一些从来没有做过的事

快乐兴奋的同时 又有点惴惴不安

绝对不是悲观的人

我应该是（快乐 元气地活下去）和（如果 这样就死了也不错）

这两种矛盾世界观的 完美综合体

现在已经二十六岁了 可是 还是不太清楚 将来要过怎样的生活 和 谁一起

也许就是因为这样吧 所以 很期待世界末日 2012之类 来终结

没想过要拯救地球 没想过要多有钱 要多快乐 不要不快乐 这些东西

想吃好 喝好 想好看 想我爱的人开心 爱我的人不要失望

舒舒服服地“苟且偷生”也不错

这些心愿多多少少 基本都实现了 所以觉得 人生够了

接下来这两个月 回墨尔本 和你一起住

看书 逛菜市场 做饭 一起看电影 整理新书 开店的事 绘本国外出版的事

坐热气球 喝好喝的酒 去你长大的地方

光着屁股给你做早餐 深夜去接你 然后在清冷的夜里一起回家 牵不牵手都不是问题

看我的书 你的书 遇到感动的地方就记录下来 散播出去

也可以拜访朋友 小野 那那 师傅 Owen

在现实的世界里 也能过着理想的生活 真要感谢老天啊

可能是 认认真真地相信这个世界的

下午就要飞了 我想我已经准备好啦

See you soon

你好 我就要飞了 我一点儿也不酷

也不特别 所以我不会说 很酷的话

只想说请不要忘记我

悉尼非常有名的小店 很多名人来这里吃过 合影留念
热乎乎的牛肉派上 是绵密的青豆泥

在悉尼遇到这条 “最好的街” 其实是那个区最破旧的 地方

官邸附近的 鸭子和鹅 冬天最冷的时候不知到 哪里去了
天气暖起来后陆陆续续出现 带着小崽子们一起
毫无畏惧地 挡在路中间 即使着急上班也 无法开过去

圣诞的时候 电线杆子上有各种各样的装饰 Sunbury 车站 小旧但是温馨

从学生村到车站要经过的后山 蓝天青蓝色
春天的时候 黄色小花开得到处都是

我们最常光顾的Mc 经常穿个大裤衩 就和小野开车去吃双吉
很多个周末 很多个下班之后的晚上

音像店 可以租电影 买游戏 还有蓝光 搬出Sunbury之前 去买收纳箱
偏僻的村庄很少有人在街上走

隔壁小帅 后来他去了悉尼 然后又回墨尔本 很害羞又很温柔 他在做炸酱面

a journey, through time, with Anthony

旅行中无意闯入的 疗养院 非常安静
安静得让你觉得里面本来没有人

后来我做了 很勇敢的决定

我说 “我等你 一年为期”

Today it wasn't cold and that made me really happy.
天气忽然变暖 和那那去海边散步 没有缘由地异常开心

building（建筑） 10 是图书馆 不过因为这个校区人很少

大部分去这里的学生都是打印和抄作业

离这里不远 就是被我撞成两段的路灯

照这张照片的时候 我们刚吵架 我们并肩走 穿过 一条条小巷 彼此什么都不说

当时我有点迷路 下意识地跟在你后面

看到挂在门前的玻璃球 心情变好 停下来拍照 转过头的时候 发现你在对我笑

然后我们就和好了

后来 每次见到你的时候就要飞 满怀期待地邂逅了 宇宙中唯一形状的云

据说这里是 日本最繁忙的路口 穿插于人行横道的

有御宅族 上班族 有精英 也有怪咖

喜欢那个红绿灯 的颜色 它们准确地控制着人潮

有的时候会觉得 摩天轮从外面看更好看

真正坐上去以后 就感觉不过如此

奈良的鹿 悠闲而温顺
看到你手里拿着鹿饼干就会不近不远地跟着你
对你点头

坐新干线往北行 数十个小时 从春暖花开的上野 到冰雪覆盖的田泽湖

在布满寺庙的山里独自穿行 怀着崇敬的心情
有一段路 地上满是这样显露出来的树根 有的时候森林忽然暗下来
心里也没有一丝畏惧 一心想去结社 许愿

在结社抽了签 很认真地拜了拜 后来走回去 跪下去 又拜了拜

去日本的时候 正好赶上樱花盛开 瑞典的朋友告诉我说 每年这个时候整个日本都很紧张 小心翼翼地推算 可以 哈娜米周末的 日期 那天我们围坐在樱花树下 喝了很多酒 旁边一群男生里有人醉了 吐了一地后一直道歉

穿过那条奢侈品店街以后 一下子亮了起来 日光倾城的时候 我开始想你

和官邸的同事一起在 我们经常去的泰国餐厅聚餐
我很喜欢这个餐厅的老板娘 很和善

图书在版编目（C I P）数据

橙：陪安东尼度过漫长岁月. Ⅱ / 安东尼著. --
长沙：湖南文艺出版社, 2023.12（2025.12重印）
ISBN 978-7-5726-1367-8

Ⅰ. ①橙… Ⅱ. ①安… Ⅲ. ①散文集－中国－当代
Ⅳ. ①I267

中国国家版本馆CIP数据核字(2023)第212801号

橙：陪安东尼度过漫长岁月 Ⅱ

CHENG PEI ANDONGNI DUGUO MANCHANG SUIYUE Ⅱ

作　　者：安东尼
出 版 人：陈新文
责任编辑：李　阔
出版统筹：邓　理
选题策划：付　婷
装帧设计：松树@CONS PROS
内文设计：胡小西
美术执行：杨　平　阿　娅
插画绘制：Echo
出版发行：湖南文艺出版社
（长沙市雨花区东二环一段508号　邮编：410014）
网　址：www.hnwy.net
印　刷：深圳市福圣印刷有限公司
经　销：新华书店
开　本：787mm × 1092mm　1/32
字　数：180千字
印　张：9.5
版　次：2023年12月第1版
印　次：2025年12月第7次印刷
书　号：ISBN 978-7-5726-1367-8
定　价：48.00元